Jan Rolfsmeier

AMRUMER FAMILIEN-BANDE

Ein Küsten-Krimi:
Hark Petersens erster Fall

Verlag und Druck: tredition GmbH
Halenreie 42, 22359 Hamburg
https://tredition.de

ISBN: 978-3-7469-3583-6

Im selben Verlag erscheint
Jan Rolfsmeier „Amrumer Familien-Erbe"
Ein Küsten-Krimi: Hark Petersens zweiter Fall

Jan Rolfsmeier
AMRUMER FAMILIEN-BANDE
Hark Petersens erster Fall

Der Autor von „Amrumer Familien-Bande" ist Journalist. Seine redaktionelle Laufbahn begann er als Volontär und Redakteur bei der Dithmarscher Landeszeitung in Heide. Er leitete als Chefredakteur Fachzeitschriften im Lebensmittel- sektor und arbeitete als freier Journalist sowie als Autor von Studien für die Welternährungsorganisation. Zuletzt gründete und leitete er eine erfolgreiche Fachzeitschrift für die Lebens- mittelindustrie. Als begeisterter Nord- und Ostseeurlauber schreibt er regionale Krimis mit Küstenflair. „Jan Rolfsmeier" ist ein Pseudonym.

Reine Fiktion: Alle Personen und Handlungen in diesem Roman sind frei erfunden. Eventuelle Ähnlichkeiten mit real existierenden Personen wären rein zufällig und vollkommen unbeabsichtigt. Die Schauplätze existieren so oder ähnlich, haben jedoch in der Realität keinerlei Bezug zu den Personen oder Handlungen im Roman. Bei Gaststätten (mit Ausnahme des völlig frei erfundenen „Anker") gibt es zum Teil Anleh- nungen an real existierende Lokale. Ihre Namen wurden jedoch verändert, um zusätzlich hervorzuheben, dass Hand- lung und Personen auch bei ihnen frei erfunden sind.

Prolog

Es war eine grenzenlose Freiheit, die sein Herz erfüllte. Eine Freiheit, wie er sie nie zuvor in seinen zehn Lebensjahren hatte genießen können. Seit drei Wochen war Hark jetzt schon bei Tante Lizzy auf Amrum. Drei weitere Wochen durfte er noch bleiben. Eine unendliche Zeit, wie ihm schien.

Seine Eltern waren schon vor einer Woche wieder nach Hamburg zurück. Ihr Urlaub war vorbei. Ihn aber hatte Lizzy für die gesamten Sommerferien nach Amrum in ihr Haus eingeladen. Und die ganze Zeit über bewohnte er schon „sein" Zimmer in ihrer Wohnung. Die Eltern hatten die Ferienwohnung ein Stockwerk höher erstmals seit seiner Geburt ganz für sich.

In Hamburg konnte sich Hark nie frei bewegen. Selten, dass er mal allein das Haus verlassen durfte, und wenn, dann nur auf bekannten, vorher festgelegten Wegen. Hier auf Amrum gehörte die ganze Insel ihm. Er konnte gehen, wohin er wollte. Er konnte zu seinen Freunden rüber laufen. Er konnte allein durch die Dünen und den Wald stromern. Er konnte Vögel und Kaninchen beobachten, im Sand buddeln, im Meer baden. Und sogar nach dem Abendessen durfte er noch alleine raus.

Lizzy ließ ihm weiten Auslauf. Gleichzeitig war seine Tante streng. Ihre Zeiten waren einzuhalten, ihre Worte waren Gesetz.

„Du gehst? Schreib einen Zettel!"

„Du bleibst über Mittag weg?
Nimm Brote und Wasser mit!"

Damit konnte er leben! Und jeden Tag musste, nein durfte er mit ihr eine Stunde oder auch zwei trainieren. Die Kampfsportschule, die sie eine Zeitlang neben ihrer Arbeit als Biologin betrieben hatte, hatte sie wieder aufgegeben. So kam in den letzten Jahren fast nur noch ihr Neffe in den Genuss ihrer Künste, die sie sich über Jahrzehnte erarbeitet und in zahllosen Chinareisen verfeinert hatte.

Es war wieder ein herrlicher Morgen in diesem herrlichen Sommer. Warm und sonnig, kaum eine Wolke am Himmel. Die Tante war längst bei der Arbeit. „Sven/Svenja, Strand, Brote dabei, 17 Uhr zurück" schrieb Hark auf einen Zettel. Darunter malte er ein Herzchen. Dann schnappte er sich seinen kleinen Rucksack mit Broten, Wasserflasche und Badezeug und rannte die Straße hinunter zum Haus der Olufsens. Mit ihnen traf er sich immer, wenn er auf Amrum war. Vor allem die freundliche, offene Svenja gefiel Hark. Mit ihrem Zwillingsbruder Sven kam er ebenfalls besser klar als die meisten anderen. Er ließ sich von Svens wenig zugewandter Art und seinem häufigen Aufbrausen nicht abschrecken.

Hark klopfte kurz und lief mit einem lauten „Moin" ins Haus. Die Türen waren hier nie abgeschlossen. Sven und Svenja hatten schon gepackt und Eimer und Schaufeln dabei. Heute würden sie der Welt zeigen, was eine echte Sandburg ist! Peer und Gunnar, die drei und fünf Jahre alten Geschwister, quengelten. Sie wollten mit.

„Haltet die Klappe, ihr Windelpuper!", grölte Sven im Hinauslaufen. Svenja gab den Kleinen einen schnellen Kuss auf die Stirn und ihrer Mutter einen auf den Mund. Dann war auch sie draußen. Hark rannte mit einem fröhlichen „Tschüss!" an Frau Olufsen vorbei hinterher.

Die Sandburg wuchs schnell. Hark, Sven und Svenja rackerten sich unermüdlich ab. Seit Stunden schon. Der sonst beim Spielen eher zurückhaltende Sven hatte die Bauleitung übernommen. Hark und Svenja schleppten eimerweise Sand auf den Hügel, Sven brachte ihn in Form.

Sie hatten einen riesigen Spaß und auch das Ergebnis konnte sich sehen lassen. Die drei Zehnjährigen hatten ein Bauwerk errichtet, das weit höher war als sie selbst und das sich meterweit in alle Richtungen ausdehnte. Mit Türmen und Zinnen, und ganz zum Schluss mit trutzigen Muschelziegeln, mit denen sie Stück für Stück seine Verteidigungswälle bedeckten.

Sven hielt inne und schaute stolz auf sein Werk, dessen Vergänglichkeit in diesem Moment noch keinen Raum in seinen Gedanken hatte. Hark hingegen war sich bereits bewusst, dass sie in spätestens zehn Minuten einen verzweifelten Kampf gegen die immer näher rückenden Fluten der Nordsee starten würden. Sie würden Wälle um ihre Burg ziehen und ableitende Wassergräben graben. Doch all das würde nur für kurze Zeit helfen: Sie hatten deutlich seewärts des Flutsaums gebaut und diese nicht zu gewinnende Verteidigungsschlacht damit bewusst provoziert. Sie war Teil zwei des Spiels.

Das Wasser kam näher, der Kampf begann. Aufgeregt waren die von den zurückliegenden Ferienwochen tief gebräunten Kinder am Rennen und am Schaufeln. Es galt, die mühsam errichtete Burg vor ihrem so unausweichlich erscheinenden Schicksal zu bewahren. Schon leckten die ersten Wellen am vorderen Schutzwall, glätteten seine Seiten, spülten den Sand ohne Erbarmen fort. Mit konzentrierten Gesichtern und wild schnaufend waren die Baumeister bei der Arbeit, riefen wild durcheinander, rannten mal hierhin, mal dorthin. Nichts anderes war ihnen jetzt wichtig als der Schutz der Burg. Ungetrübter Spaß und gespielte Verzweiflung gingen Hand in Hand, während das Meer ungerührt sein Zerstörungswerk fortsetzte. Sie taten alles, um den Moment des Zerfließens hinauszuschieben. Jede Sekunde war eine gewonnene Sekunde.

Die Ernüchterung kam wie ein Paukenschlag. „Achtuuuung..." schrie ein großer blonder Junge von hinten. Mit gewaltigem Anlauf kam er angerannt und landete mit einem Bauchklatscher mitten auf ihrer Burg. Türme, Zinnen und Wälle gaben unter ihm nach. Im Bruchteil einer Sekunde vollendete er das Werk, für das das Meer noch Minuten gebraucht hätte. „Achtuung!" rief es wieder von hinten. Zwei weitere große Kerle klatschten neben dem ersten auf. Die Burg war nur noch Berg.

Hark und Svenja guckten mit fassungsloser Miene, wie ihnen das Spiel aus der Hand gerissen wurde. Böswillig unterbrochen und zerstört von der Harmsen-Gang. Die rüpeligen Zwölfjährigen um ihren Anführer Rolf Harmsen hatten Sven, Svenja und den anderen Kleineren schon in der Amrumer Inselschule ständig Ärger gemacht. Und jetzt auch noch hier am Strand! Doch was sollte man tun? Svenja verschränkte die Arme vor der Brust und schaute missmutig auf die Kerle, die immer noch bäuchlings auf den Resten ihrer Burg lagen. Harmsen hatte den Kopf angehoben und grinste frech in das puterrot angelaufene Gesicht von Sven.

„Na, Olufsen, mal wieder auf Sand gebaut?!", lachte er.

Ein mächtiger Schrei entfuhr Sven. So tief, so dunkel und so laut, wie er niemals aus diesem schmächtigen Jungenkörper hätte kommen dürfen. Sein Gesicht glühte in dunkelstem Rot, die Adern traten hervor, die Züge wurden von teuflischem Hass entstellt. Svens Schaufel löste sich vom Boden und fuhr in rasend schneller Drehbewegung in Rolf Harmsens Gesicht. Sie traf mit der Kante auf, brach das Nasenbein und schleuderte den Kopf mit ungeheurer Wucht nach hinten. Blut ergoss sich in breiten Strömen über Mund und Kinn, während er zusammensackte.

„Sven, nicht!", kreischte Svenja auf, als ihr Zwillingsbruder sich in maßloser Wut nun auf die anderen Jungen stürzte. Beide waren einen guten Kopf größer als er und echte Raufbolde. Aber dieser zerstörerischen Wut hatten sie nichts entgegenzusetzen. Blutend und in Panik aufgelöst versuchten sie zu fliehen, wurden aber von der Schaufel immer wieder niedergestreckt, bevor sie sich überhaupt aufrichten konnten. Svens Gesicht war zur mörderischen Fratze verzerrt. Er würde töten, wenn man ihn nicht aufhielt.

Hark hatte keine Wahl. Er musste den Freund bremsen. Von hinten sprang er ihn an, drückte seine Arme in einem kräftigen Schraubgriff nach unten und zog dann blitzschnell an. Das war einer der vielen Griffe, in denen Lizzy ihn geschult hatte. Die Schaufel entglitt Svens Hand, die Luft seinen Lungen. Doch Sven zappelte noch wie von Sinnen, während Hark ihn langsam rückwärts von seinen Kontrahenten wegzog. „Beruhige dich Alter, beruhige dich", keuchte Hark dem Freund ins Ohr. Svenja lief heran und nahm das Gesicht des Bruders in die Hände. Ihr liebevoller Blick traf auf hasserfülltes Funkeln. „Sven! Sven! Ich bin es Sven!", redete sie nachdrücklich auf ihn ein.

Ganz langsam schien er sich zu besinnen. Sein Strampeln wurde schwächer. Hark traute sich aber noch nicht, den Griff zu lockern. „Seht zu, dass ihr hier wegkommt", rief er den Jungen auf der Sandburg zu, die die Szene wie gelähmt betrachteten. „Los, verdammt, haut ab!" Sein zweites Rufen löste sie aus ihrer Erstarrung. Erst zögerlich, dann von plötzlichem Entschluss gepackt zogen die beiden Kumpels Rolf Harmsen auf die Beine und wankten taumelnd mit ihm davon.

Erwachsene kamen herangerannt. „Warum zum Teufel erst jetzt!", schoss es Hark durch den Kopf.

Ganz allmählich wechselte Svens Gesichtsfarbe von rot zu weiß, seine Augen wurden wieder klarer, der Blick wieder zu seinem eigenen. Alle Kraft wich aus seinen Gliedern. Hätte Hark ihn nicht noch gehalten, er wäre in sich zusammengesackt. Sanft setzte er den Freund auf dem Boden ab, wo Svenja ihn fest umarmte. „Sven, ach Sven", sagte sie. „Deine Wut. Immer diese Wut!" Dann flossen dicke Tränen aus ihren Augen.

1

Klimawandel? Einen derart warmen neunten April hatten sie hier auf Amrum noch nie zuvor erlebt. Zumindest nicht in den über vierzig Jahren, an die sich Sven Olufsen zurückerinnern konnte. Aber ihm sollte es recht sein! Mediterranes Klima würde seinen Geschäften hier auf der Insel nur gut tun! Und gerade jetzt wusste er das Wetter auch für sich selber zu schätzen, hier draußen auf dem Meer, ganz allein mit sich und den Wellen.

Sven Olufsen war gerne allein. Mit seiner Familie hatte er nicht viel am Hut, obwohl die meisten seiner Verwandten, wie er, zeitlebens auf Amrum geblieben waren. Auch Freunde gab es nur wenige. „Freunde" wäre ohnehin zu viel gesagt: Eigentlich waren es nur mehr oder weniger entfernte Bekannte aus Sparclub, Freiwilliger Feuerwehr oder vom Fußball. Hin und wieder traf er sie in der Kneipe oder auf einer der Partys, auf denen er sich aus beruflichen Gründen sehen lassen musste.

Gerne fuhr er an seinen freien Tagen mit dem Segelboot allein aufs Meer hinaus. Es war immer noch die kleine Einhand-Jolle aus Jugendjahren, die er dafür bestieg. Beim Segeln, und wirklich nur beim Segeln, verzichtete er auf Statussymbole, auf die protzige Jacht, die er sich längst hätte leisten können. Statt an einem Steuerrad zu stehen, hockte er sich auf die kleine Bank im Heck. Eine Hand am Ruder, eine am Seil schipperte er los. Dann ließ er sich irgendwann dort, wo es ihm gerade einfiel, mit gerefften Segeln in der Strömung treiben und hängte die Angel über Bord. Nicht wirklich, um einen Fisch zu fangen, sondern eher, um dem Nichtstun eine Berechtigung zu geben und die Gedanken schweifen zu lassen.

So war er auch an diesem für Anfang April so ungewöhnlich warmen Sonntag bei mäßigem Wind und ruhiger See gegen 10 Uhr ganz allein aufgebrochen. Mit seiner „Svenja" war er langsam um die Südspitze der Insel herum gedümpelt, dann in Richtung Norden abgedreht, vorbei am Wrack des 1998 havarierten Frachters „Pallas" in Richtung Sylt. Das Meer war strahlendblau und nur leicht gewellt. Auch der wolkenlose Himmel strahlte in leuchtendem Blau. Heller als das Meer, doch ebenso intensiv. Als hauchdünner weißer Streifen schob sich der Amrumer Kniepsand zwischen diese Sphären. Wo keine Insel mehr war, gingen Wasser und Luft ohne Abgrenzung ineinander über, verflossen miteinander im selben, hier milchigen Blau.

Weit westlich der Amrumer Nordspitze, der Odde, ließ er das Segel herunter, band die Ruderpinne fest und legte die

Angel aus. Die See war spiegelglatt, die Mittagssonne ließ das Wasser jetzt zum bleiern schimmernden Spiegel verschmelzen, in den nur hier und da eine Möwe oder eine Küstenseeschwalbe hinabstieß, um, meist ohne Beute, mit enttäuschtem Schrei wieder hoch in die Luft zu steigen. In einiger Entfernung tuckerte ein Motorboot gemächlich vor sich hin. Die gestrige Party ging ihm durch den Kopf.

Gegen Mitternacht war er in der Nebeler Dünendisco angekommen, die seit kurzem „Irrlicht" hieß. Die meisten der kaum zweihundert Gäste waren, typisch Samstagabend, schon deutlich angeheitert. Die Musik dröhnte. Peer und Gunnar, seine beiden jüngeren Brüder, saßen weiter hinten an einem Tisch in der Nähe der Band. Christine, mit gerade einmal 29 Jahren die Jüngste in der Familie, konnte er mit ihrem neuen Lover auf der Tanzfläche ausmachen. Seine Cousins Sören und Lars, deren Vater vor drei Jahren unter nie geklärten Umständen ums Leben gekommen war, amüsierten sich an der Bar mit zwei nicht mehr ganz jungen, aber ausgesprochen hübschen Touristinnen. Hinter der Bar versorgte ihre Schwester Mara die Feiernden mit Getränken.

„Fehlt eigentlich nur noch Clara zum Familientreffen", dachte er mit wenig Begeisterung.

Im Grunde genommen mochte er sie alle nicht. Hatte sie nie gemocht, auch wenn es da unbestreitbar familiäre Bande gab. In seiner Kindheit existierte für ihn eigentlich nur Svenja, seine Zwillingsschwester. Als „Sven und Svenja" waren sie ein unzertrennliches Duo, das miteinander durch dick und dünn ging und sich, bis sie 14 waren, um die Außenwelt kaum scherte. Aber Svenja war weg, schon lange weg. Verschollen, entschwunden, ausgelöscht. Und seither lag ihm die „Blut ist dicker als Wasser"-Geschichte noch weniger als zuvor.

Überhaupt waren Beziehungen zu anderen Menschen nicht wirklich sein Ding. Nie gewesen! Es sei denn, als Mittel zum Zweck. Und für den Zweck war er heute Abend ja auf die Party gekommen. Er hoffte, den Bürgermeister hier zu treffen, um ganz unauffällig etwas über die Chancen für neue Bebauungspläne im Norden von Nebel zu erfahren. Vor einigen Jahren hatte er dort mehrere Hektar Land am und im Naturschutzgebiet gekauft. Für wenig Geld! Vielleicht würde er auf der Party auch ein paar Ratsmitglieder treffen, denen er seine Gedanken über „die notwendige Expansion der Dorfes" näher bringen konnte. Er hatte da etwas ganz Großes im Kopf. Wenn das klappen sollte...

Olufsen schreckte aus seinen Gedanken hoch, als in unmittelbarer Nähe ein Motor aufheulte. „Was zum T...", brachte er gerade noch über die Lippen. Dann traf ein schwerer Schlag seine Jolle. Der Mastbaum schlug ihm so hart in den Rücken, dass der Rest des Wortes „Teufel" in einem Zischen unterging. Olufsen griff nach der Reling, aber er fasste ins Leere. Der gewaltige Schwung warf ihn über Bord.

Die Schwimmweste füllte sich beim ersten Wasserkontakt mit Luft. Trotzdem ging sein Kopf kurz unter. Er schluckte Wasser, verlor die Orientierung, rang nach Luft, schnaubte, prustete. Der Tag war für die Jahreszeit ungewöhnlich heiß, das Wasser aber hatte sich so kurz nach dem Winter noch kein Bisschen aufgewärmt. Die Kälte drang Olufsen sofort und unerbittlich bis tief in die Knochen.

Er schüttelte heftig den Kopf, um das Wasser aus Augen und Nase zu schleudern und um den Schock loszuwerden. Mit heftigen Ruderbewegungen drehte er sich im Kreis, sah sich nach seinem Boot um. Es war kaum zehn Meter entfernt. Ein paar Minuten würde er haben, bevor die Kälte seine Glieder lähmte. Das sollte für ihn als gutem Schwimmer reichen, auch wenn die Strömung hier manchmal nicht ohne war. Aber die Schwimmweste hinderte ihn am schnellen Vorwärtskommen. Er musste versuchen, sie abzustreifen. Mühsam, keuchend und mit bereits klammen Fingern zerrte er am Verschluss der linken Seite. Da heulte erneut der Motor auf. Olufsen fuhr herum und blickte in das bösartige, leere Scheinwerferauge eines Auto-Kotflügels, der direkt auf ihn zuraste. Er versuchte auszuweichen. Keine Chance! Ein heftiger Schlag traf seinen Kopf. Sven wurde schwarz vor Augen.

2

„Auf den Abschluss!" – Kriminalhauptkommissar Hark Petersen und Staatsanwalt Redlef Maier prosteten einander zu. Schon seit langem war es für sie zur Tradition geworden, auf das Schließen einer Ermittlungsakte anzustoßen. Eigentlich taten sie dies abends in einem der besseren Restaurants von Husum oder Flensburg mit einem guten Glas Wein oder einem frisch gezapften Bier. Aber heute hatte Maier noch einen Termin beim Oberlandesgericht in Schleswig und wollte am Abend auf keinen Fall das Konzert verpassen, das Petersens Mitarbeiterin Ella in der Fabrik in Hamburg gab. Auch Petersen ließ sich diesen Auftritt nur ungern entgehen. Ella, die eigentlich Elke Finkenbein hieß, war eine begnadete Jazzsängerin und längst zu einer bekannten und geschätzten Größe hier im Norden geworden. Aber Petersen hatte heute Bereitschaftsdienst. Da war Hamburg einfach zu weit weg von seiner Dienststelle in Husum. So hatten Maier und er die Besprechung des überraschend schnell abgeschlossenen Falles kurzerhand auf den Samstagvormittag gelegt – in ein Fischrestaurant direkt an der Mole des Husumer Hafens, mit Blick auf die Fischkutter. Und auf die Touristen, die jetzt, Mitte April, bereits in größeren Scharen Theodor Storms „Graue Stadt am Meer" bevölkerten.

Die beiden Männer feierten bei diesen Anlässen vor allem das erfolgreiche Ende einer Ermittlung und nur selten den Fahndungserfolg selbst. Denn der hatte in der Mordkommission fast zwangsläufig mit Trauer und Leid zu tun, mit gewaltsamem Tod und oftmals mit zerstörten Familien. Das war niemals Anlass zur Freude. Sie besprachen bei ihren „Abschlussfeiern" vor allem, was gut gelaufen war, was hätte besser gemacht werden können, wo es Abläufe glatter zu gestalten und Strukturen zu verbessern gab.

Die Notwendigkeit einer Lagekritik hielt sich diesmal jedoch in Grenzen. So konnten die Beamten sich in Ruhe auf Baguette und Aufschnitt konzentrieren. Und auf den Räucheraal, bei dem sie auch diesmal wieder kurz diskutierten, ob es nun in Ordnung sei, ihn zu essen, oder nicht.

Immerhin stand der Europäische Aal seit Jahren auf der Roten Liste der von der Ausrottung bedrohten Tiere. Andererseits förderte die Aufzucht der meist in Spanien gefangenen Glasaale in Farmen überall in Europa auch Besatzprogramme. Mit ihnen meinte man, den Aalbestand insgesamt wieder stärken zu können. Das sagten zumindest die Befürworter. Das Ganze erschien Petersen sehr kompliziert. Die Motivation der Beteiligten war für ihn ebenso undurchschaubar wie bei manch einem der Mordfälle, die er hier in den vergangenen Jahren aufzuklären hatte.

„Wir werden die Anklage sicherlich nicht auf Mord abstellen", sagte Redlef Maier, während er sich ein Stück von dem köstlich geräucherten, aber politisch unkorrekten Aal auf sein Baguette legte.

Petersen nickte zustimmend. Ein Vorsatz würde dem Landwirt Martin Martinsen, der da gerade auf Föhr seinen drei Jahre jüngeren Bruder Thomas erschlagen hatte, kaum zu unterstellen und schon gar nicht nachzuweisen sein. Es hatte einen Streit gegeben, abends in der Kneipe, wo der Ältere mit der Freundin des Jüngeren deutlich zu vertraut umging. Das hatten zahlreiche Zeugen bestätigt. Nachts, im Bett, hatte die Freundin dann gestanden, schon ein paar Mal mit dem älteren Bruder geschlafen zu haben. Das wusste die Polizei von ihr selbst. Am frühen Morgen fuhr der Jüngere von Wyk aus zum Hof seines Bruders in Witsum. Er traf diesen beim Holzhacken an. Kurz darauf starb er an einem einzigen Schlag mit der stumpfen Seite einer Axt auf den Schädel.

„Der hat furchtbar geschrien und ist auf mich losgegangen", erzählte der Täter später dem Kommissar. „Ich hab nur abgewehrt. Dann lag er da im Blut und rührte sich nicht mehr."

In Panik habe er die Leiche auf den Trecker geladen und in dem kleinen Dünengebiet auf der anderen Seite der Godel, des mit einigen hundert Metern längsten „Flusses" der Insel, notdürftig vergraben. Danach ist er ins Haus zurück, hat sich eingeschlossen, die Vorhänge zugezogen und sich nicht mehr gerührt. Auch nicht, als die Freundin des Jüngeren am späten Nachmittag an die Türen und Fenster klopfte, auf der Suche nach Thomas.

Die Freundin war es dann auch, die am nächsten Morgen bei der Polizei eine Vermisstenanzeige aufgeben wollte – zu früh, um bei einem erwachsenen Mann schon zu Ermittlungen zu führen. Zwei Stunden später meldete ein Feriengast, dass sein Hund in den Dünen eine Leiche ausgebuddelt habe. Die Identifizierung war einfach: Dienststellenleiter Mattis Heinen war selber mit rausgefahren und kannte den Toten. Die Unnatürlichkeit des Todes lag auf der Hand.

Eine Viertelstunde später machten sich Hark Petersen und sein Assistent Leif Hansen daher von Husum aus mit Blaulicht auf den Weg zur Fähre in Dagebüll. Ein kurzes Gespräch mit der in Tränen aufgelösten Freundin. Sie hatte sich als Christine Olufsen ausgewiesen. Dann die Fahrt zum nahegelegenen Hof, der wie am Vortag mit verschlossenen Türen und zugezogenen Fenstern einen leblosen Eindruck machte.

Leif entdeckte Blutspritzer neben frisch gehacktem Holz, nur halbherzig mit Sand überdeckt. In der Ecke des offenen Holzschuppens fand er, ebenso notdürftig versteckt, eine Axt mit Blutspuren daran und eine Schaufel. Die Tür zum Haus wurde aufgebrochen. In der Ecke der schmuddeligen, abgedunkelten Küche hockte der Landwirt leichenblass und zitternd auf dem Boden. Ein Hüne von einem Mann, wie Petersen feststellte, aber völlig am Ende. Zwei Föhrer Kollegen zogen ihn vorsichtig, gefasst auf Gegenwehr, auf die Füße und schoben ihn auf einen der Küchenstühle. Es kam keinerlei Gegenwehr.

„Martin Martinsen, ich nehme Sie fest unter dem Verdacht, Ihren Bruder Thomas getötet zu haben", eröffnete Mattis Heinen dem Mann. Keine Reaktion.

„Hast du das verstanden?", hakte Heinen nach. Ein leichtes Kopfnicken war die einzige Antwort.

„Na, dann erzählen Sie mal", sagte Petersen und setzte sich rittlings auf einen Stuhl, dem Festgenommenen gegenüber.

Da schossen dem riesigen Landwirt Tränen in die Augen, die Vorfälle sprudelten nur so aus ihm heraus. Später, auf der Wache in Wyk, in Gegenwart eines Anwalts, wurden die Abläufe nochmals willfährig bestätigt und Fragen ohne Zögern im Detail beantwortet. Ins Protokoll kamen bereits alle Einzelheiten des Tathergangs. Die Leiche war in der Gerichtsmedizin, die wenig später den Tod durch einen einzigen Schlag mit einem stumpfen Gegenstand bestätigte; wobei das Opfer wohl die ersten Minuten nach dem Schlag bewusstlos, aber noch am Leben war. Die Kriminaltechnische Untersuchungsstelle, die KTU, hatte den Traktor, die Axt und die Schaufel, mit der der Tote vergraben worden war, sichergestellt und die Spuren am Tatort untersucht. Hark Petersen und Leif Hansen konnten die Insel noch am selben Tag mit der letzten Fähre verlassen.

Mit demselben Schiff wurde auch der mutmaßliche Täter ins Untersuchungsgefängnis in Flensburg überstellt. Der Fall war nach weniger als einem Tag abgeschlossen.

„Weißt du schon, was ihr draus machen wollt?", fragte Petersen den Staatsanwalt.

Der verzog die Miene: „Wird nicht so ganz einfach. Hätte Martinsen sofort den Rettungswagen und die Polizei gerufen, wäre er wohl mit einer Bewährungsstrafe oder vielleicht sogar einem Freispruch davongekommen. Es war ja offenkundig kein Vorsatz im Spiel. Wie er es erzählt, war's nicht mal Affekt oder Notwehr. Die ganze Insel bestätigt, dass das Verhältnis zu seinem Bruder immer freundschaftlich war. Das hätte also glatt auf Unfall hinauslaufen können. Aber mit unterlassener

Hilfeleistung und Vertuschung sieht das jetzt deutlich anders aus. Ich denke, wir werden dies beides zusammen mit fahrlässiger Tötung zur Anklage bringen. Ein paar Jahre könnte es ihm einbringen, je nachdem, was im Prozess noch so ans Licht kommt."

3

Solche Fälle waren der Grund, warum Maier und Petersen nach Abschluss einer Mordaufklärung der Sinn immer nach einer ausführlichen Besprechung stand, ihnen aber nur selten nach Feiern zumute war. Meist waren es gewollte oder einfach so geschehene Tötungsdelikte im engeren Familienkreis, mit denen sie es hier im äußersten Norden der Republik zu tun hatten. Die Täter konnten da meist schnell ermittelt werden. Fast nie waren sie mit typisch kriminellen Hintergründen befasst, wie man sie in dichter besiedelten Regionen erlebte. Oft nicht einmal mit einem Vorsatz, der die Täter zu ihrer Tat motiviert hätte. Natürlich gab es hier an der Küste auch immer wieder Wasserleichen, bei denen nach Tagen oder Wochen im Meer oft weder die Identität noch die Todesursache zu klären waren. Wurde solch eine Wasserleiche identifiziert, dann lag der Fall aufgrund der starken Tide-Strömungen auch oft gar nicht bei ihnen, sondern bei weit entfernten Ermittlungsstellen, teils in Niedersachsen oder Hamburg, teils in Dänemark oder sogar Großbritannien.

Dennoch machte den beiden befreundeten Beamten ihre Arbeit hier im hohen Norden in der Regel Spaß. Sie waren vor drei Jahren fast zeitgleich in diesen Bezirk versetzt worden. Petersen kam von der Kripo in Kiel und führte seither eine Fernbeziehung mit Frederike, „Freddy", und den Kindern, die inzwischen beide das Haus fürs Studium verlassen hatten. Der seit jeher ledige Maier kam von der Staatsanwaltschaft in Lübeck hierher. Die Karriere im Staatsdienst hatte er begonnen, nachdem er in Prozessen, wie er es formulierte, als Rechtsanwalt zu oft die falsche Seite zum Erfolg führen musste.

Schon beim ersten gemeinsamen Fall hatten Hark und er einander kennen und schätzen gelernt, obwohl sie auf den äußeren Blick eigentlich nur wenige Gemeinsamkeiten hatten. Auch an diesem Morgen war der hochgewachsene und trotz seiner 43 Jahre noch jugendlich schlanke Redlef Maier wieder äußerst korrekt gekleidet: Dunkler, maßgeschneiderter Anzug mit Weste, rosa Krawatte auf weißem Hemd, glatt polierte schwarze Schnürschuhe. Zum Outfit gehörte auch eine uralte Taschenuhr an schwerer silberner Kette, die bei Petersen aber nur beim ersten Treffen ein breites Grinsen hervorgelockt hatte. Seinen edlen hellen Trenchcoat hatte der Staatsanwalt sorgfältig an der Garderobe am Eingang des Fischrestaurants aufgehängt.

Auch der nur zwei Jahre ältere Hark Petersen war schlank geblieben. Er hatte der, wie es schien, fast zwangsläufigen Gewichtszunahme von Mittvierzigern dank Lauftraining und wohl auch Veranlagung bislang weitgehend widerstehen können. Sein schlaksiger Körper war in den Schultern und auch an den Hüften deutlich breiter als der seines Freundes, der ihn mit 1,86 Metern um immerhin vier Zentimeter überragte. Der Polizist bevorzugte lässige Kleidung: Jeans, Shirt, legeres Sakko. Über seiner Stuhllehne hing eine nicht mehr ganz neue, leicht gefütterte hellblaue Regenjacke. Sie war groß genug, dass sie über das Sakko und notfalls wohl über einiges mehr gezogen werden konnte.

Auch wenn sie privat miteinander unterwegs waren, blieben die Männer ihren Kleidungsstilen treu – egal, ob es ins Restaurant, in eine Bar, einen Club oder in die Kneipe ging. Oder zum Jazz, den sie beide nicht nur zu schätzen wussten, wenn Ella einen Auftritt hatte. Mal war der eine over-, mal der andere underdressed. Das zog manchmal Blicke auf sich, teils Verwunderung. Der Kommissar und der Staatsanwalt scherten sich nicht darum.

Das Plopp aus Petersens Smartphone unterbrach das gerade begonnene Gespräch darüber, welchem internationalen Star

Ellas rauchige Jazz-Stimme denn nun am nächsten kam. Eine SMS von Leif Hansen, der gerade auf dem Revier vorbeigeschaut hatte. Eine neue Akte war hereingekommen.

„Vermutlich nicht sonderlich dringlich", lautete der Kommentar seines jungen Kollegen, der wusste, dass Hark mit Redlef Maier beim Frühstück saß. Aber das Essen war so gut wie beendet und Maier würde ohnehin bald aufbrechen wollen.

„Tja, ich sollte denn wohl mal", sagte er bedauernd zu seinem Gegenüber und schob sich den letzten Happen von seinem Teller in den Mund. „Viel Spaß heute Abend bei Ella. Wünsch ihr noch mal ′toi, toi, toi!` von mir. Und meldet euch, wie's gelaufen ist."

4

Wollte sich da jemand über ihn lustig machen? Mit einem ratlosen Seufzer warf Petersen den Untersuchungsbericht auf seinen fast leeren Schreibtisch zurück. Unwillkürlich glitt sein Blick auf den Fotokalender mit Nordseemotiven an der ansonsten schmucklosen Wand gegenüber: Samstag, 15. April, nicht Samstag, 1. April. Also kein Aprilscherz. Und „Versteckte Kamera" spielte hier im Morddezernat der Kriminalpolizeistelle Husum sicherlich auch niemand mit ihm. Also musste er das, was in den Akten stand, wohl oder übel ernst nehmen.

Die Jolle des Immobilienmaklers Sven Olufsen war auf einer Sandbank ein paar Kilometer westlich von Amrum entdeckt worden, hieß es darin. Von Olufsen selbst keine Spur. Das Foto der KTU zeigte abgeplatzte Farbe am Bug, darunter einen deutlichen Riss, aber nicht bis zur Wasserlinie. Die „Svenja", so der in blauer Schrift auf das weiße Boot geschriebene Name, war mit hoher Geschwindigkeit mit etwas kollidiert. Mit etwas, das mit grünem Lack bedeckt und von rötlichem Rost durchzogen war, denn beides fand die KTU reichlich in der offenen Wunde des Bootes.

Olufsen hatte eine Boje übersehen, könnte man meinen.

Denn hier im nordfriesischen Wattenmeer standen die Schifffahrtszeichen dicht an dicht und waren überwiegend grün oder rot lackiert. Oder er war mit einem anderen Boot kollidiert. Aber das dunkle Grün passte nicht zu einer Boje. Und kein Boot hatte einen Zusammenstoß gemeldet. Wie auch! Die KTU war sich ganz sicher: Der Lack und die Rostpartikel stammten von einem Auto! Olufsens Jolle war den Spuren zufolge mit einer Geschwindigkeit von rund zwölf Knoten mit einem Volvo 850 Classic, Baujahr 1995, kollidiert. Also mit einem 22 Jahre alten Straßenfahrzeug.

Wann genau das passiert war, konnten die Kollegen aus der KTU nicht sagen. Olufsens Buchhalterin hatte ihren Chef vor fünf Tagen als vermisst gemeldet, als er am Montag nicht zur Arbeit kam und auch nirgendwo sonst zu finden war. Am Tag davor hatte man ihn zum letzten Mal gesehen. Da war er am frühen Vormittag bei mäßigem Wind vom Yachthafen Wittdün aus losgesegelt. Zum Angeln, wie er dem Hafenmeister im Vorbeigehen zugerufen hatte. Seither kein Lebenszeichen. Nur die beschädigte Jolle mit getrimmten Segeln, die sich auf der Sandbank schräg gelegt hatte, und die, wie es aussah, auf hoher See mit einem Volvo kollidiert war. Gefunden wurde sie gestern.

Petersens gerade etwas ratloser Blick glitt aus dem Fenster seines Büros im zweiten Stock des alten Patrizierhauses am Husumer Marktplatz, in das die Mordkommission der nordfriesischen Westküste schon vor zwei Jahren umgezogen war. „Nur vorübergehend", wie es damals hieß, „während der bisherige Stammsitz abgerissen und neu gebaut wird". Ein Regenschauer mit stürmischen Böen hatte gerade dicke Tropfen gegen die Scheibe geworfen, in denen sich jetzt glitzernd die durch die Wolkendecke dringenden Sonnenstrahlen brachen. Aprilwetter! Unten auf dem Marktplatz hatten, wie an jedem Samstag, die Händler ihre Buden aufgebaut. Frischer Fisch, frisches Fleisch, Wurstwaren, Bio-Produkte, Gemüse aus der Region, der erste Spargel aus Hattstedtermarsch. Auch warme

Erbsen- und Gulaschsuppe für spontan hungrige Kunden, die sich so kurz nach dem Regenschauer aber erst spärlich wieder zwischen den Verkaufsständen eingefunden hatten.

Über dem Geschehen ragte mächtig die erst 1833 fertiggestellte Marienkirche auf. Sie war weit kleiner als ihr an gleicher Stelle errichteter Vorgänger aus dem 15. Jahrhundert mit seinem protzenden, fast 100 Meter hohen Turm. Doch sie war auf einem Podest über Straßenniveau errichtet und nicht nur dadurch immer noch von imposanter Größe. Die Kirche mutete von außen eher schlicht an – und auch von innen, wie Hark Petersen aus seinen seltenen, ausschließlich beruflich motivierten Kirchgängen wusste. In dieser Jahreszeit noch kahl und mit fast vollständig zum Stamm zurückgeschnitten Ästen standen die versetzt gepflanzten Bäume links und rechts der Kirche wie eine Gruppe schweigender, blickloser Riesen Wache.

„Merkwürdig", dachte Petersen und holte Blick und Gedanken zurück in das stuckverzierte Zimmer mit seiner schlichten, gar nicht zu diesem prunkvollen Gebäude passenden Möblierung, die die Mordkommission aus ihrer bisherigen Schaltzentrale mit herüber genommen hatte.

Er griff wieder nach dem Untersuchungsbericht. War das wirklich ein Fall für die Mordkommission? Petersen war sich da nicht ganz sicher. Schließlich gab es keine Leiche, keine Zeugen, kein offenkundiges Motiv. Andererseits: Sven Olufsen war seit einer Woche nicht mehr gesehen worden, das beschädigte Boot deutete auf Fremdeinwirkung hin und die Sache mit dem Volvo war mehr als mysteriös. Außerdem war Sven ein Freund aus seinen Kindertagen, in denen er die Ferien und viele Wochenenden bei seiner Tante auf Amrum verbracht hatte.

Noch wichtiger war ihm allerdings seine Erinnerung an Svens Schwester Svenja, nach der Olufsen, ganz sicher, seine Jolle benannt hatte. Sie war der eigentliche Ankerpunkt der Freundschaft zu Sven in Kindertagen. Und sie war das erste Mädchen, in das Hark sich als Jugendlicher verliebt hatte.

Noch heute spürte er eine unerfüllte Sehnsucht, wenn er an sie dachte. Was wohl aus ihr geworden war? Die Amrumer Kollegen hatten bereits alle greifbaren Verwandten zu Svens Verschwinden befragt. Der Name Svenja tauchte dabei nicht auf.

Er würde ermitteln, beschloss er.

„Wir werden ermitteln!", sagte er dann laut zu seinem jungen Assistenten, der die ganze Zeit über schweigend, aber aufmerksam dagesessen hatte. „Ruf die Kollegen auf Amrum an, Leif! Wir kommen rüber."

5

Die nur schwach leuchtende digitale Zeitanzeige am Arm zeigte 2:09 Uhr. Noch wenige Sekunden, dann würde das unauffällige, vor wenigen Tagen in die Überwachungsanlage des Inselparkplatzes eingeschleuste Programm die Kameras in eine Endlosschleife versetzen. Um diese Uhrzeit konnte das niemandem auffallen. Selbst wenn das Wachpersonal auf die Bildschirme schauen würde: Nachts gab es auf dem Inselparkplatz keinen Verkehr. Somit gab es auch keine Veränderungen vor der Kameralinse, die sichtbar gemacht hätten, dass sich die Bilder im 90-Sekunden-Takt wiederholten. Jetzt musste es soweit sein.

Langsam, fast unmerklich löste sich der schwarze Schatten aus dem Buschwerk, das den Inselparkplatz umgab. Wie eine Raubkatze, ganz nah am Boden, schob sich der dunkel gekleidete, athletische Körper zwischen der ersten Autoreihe hindurch, glitt lautlos über die freie Fläche zur nächsten Autoreihe, durch sie hindurch und nochmals als lautloser Geist über eine Freifläche. Dann hatte er sein Ziel erreicht. Ohne das mit dunkler Farbe bestrichene Gesicht dem Licht der Laternen zuzudrehen, schob die Gestalt einen Schlüssel ins Schloss eines alten grauen VW Polo.

Lautlos öffnete sich die wenige Tage zuvor sorgsam geölte Fahrertür. Ein schneller Griff entriegelte die hintere Tür und machte den Weg frei zu einem kleinen, aber offenkundig dennoch sehr schweren Päckchen, das die Gestalt hinter dem Beifahrersitz hervorzog. Eine Sekunde später war der Polo wieder verschlossen. Genauso lautlos, wie er geöffnet worden war.

Ohne aus den Schatten aufzutauchen, schmiegte sich die Gestalt an den Mercedes, der direkt neben dem Polo stand. Einige schnelle Handgriffe, dann glitt auch dessen Tür lautlos auf. Der dunkle Schatten schob sich in das geräumige Innere des Wagens, tauchte kurze Zeit später ohne das Päckchen wieder daraus hervor. Mit einem feinen Klick schloss sich die Beifahrertür.

Die Gestalt huschte in das Buschwerk zurück, aus dem sie gekommen war. Wieder ein Blick auf die Digitalanzeige am Arm: 2:27 Uhr. In dreizehn Minuten würden sich die Überwachungskameras wieder in den Normalmodus zurückschalten. Das Schadprogramm würde sich selber löschen. Der schwarze Schatten tauchte mit einem befriedigten Lächeln zurück in die Dunkelheit.

6

Einen Hubschrauber wollte die Einsatzleitstelle ihnen nicht schicken.

„Keine Eile, keine Gefahr im Verzug, nehmt gefälligst die Fähre", hatten die Kollegen zu Leif Hansen gesagt.

So raste Leif jetzt mit Hauptkommissar Hark Petersen auf dem Beifahrersitz im Dienst-BMW der Mordkommission über die schmalen, kurvigen Straßen des Sönke-Nissen-Kooges. Die wenigen Frosttage des letzten Winters hatten sie an vielen Stellen aufgerissen. Petersen genoss die Fahrt durch diesen erst in den Zwanzigerjahren des vorigen Jahrhunderts besiedelten Koog immer wieder. Vor allem die Häuser, Gutshöfe und Stallungen mit ihren einheitlich hellgrünen Dächern hatten es ihm angetan. Die Dächer waren das „Markenzeichen" der hier angesiedelten fast dreißig Höfe, von denen auch heute noch ein knappes Dutzend als Vollerwerbsbetriebe bewirtschaftet wurden.

Ein unglaublich breiter Traktor mit noch breiterem Anhänger kam ihnen entgegen. Er nahm weit mehr als die Hälfte der Straße ein. Leif verringerte das Tempo erst kurz bevor sie ihn erreichten, dafür aber sehr abrupt. Petersen wurde in seinen Gurt gedrückt, während der Wagen auf dem Seitenstreifen fast vollständig zum Stillstand kam. Kaum war der Traktor vorbei, trat Leif das Gaspedal völlig unbeeindruckt wieder durch und setzte die rasende Fahrt fort.

„Ganz ruhig", sagte Petersen ihm. „Wir haben noch mehr als genug Zeit bis zur Abfahrt."

Doch Leif genoss seine Jugend und seine Fahrkünste, und Petersen ließ ihn mit verständnisvollem Lächeln gewähren. Der junge Polizist musste ja schließlich hin und wieder mal für Verfolgungsjagden trainieren. Auch wenn es Petersen lieber war, wenn er das ohne ihn im Wagen tat.

Mit kreischenden Reifen bog der BMW nach links ab in Richtung Hauke-Haien-Koog, der im Gegensatz zum gerade durchquerten Sönke-Nissen-Koog noch in großen Teilen der Natur überlassen war. Links auf dem hohen, wehrhaften Deich grasten Schafe. Zwischen ihnen die ersten neugeborenen Lämmer des Jahres. Rechts war der flache See des Koogs von Gänseschwärmen bevölkert, die hier im April ideale Rast- und Futterflächen auf ihrem Weg in den Norden fanden.

„Sven und Svenja"... Petersens Gedanken schweiften zurück in seine Kindheit, in der er mit seinen Eltern regelmäßig Tante Lizzy auf Amrum besucht hatte. Lizzy hieß eigentlich Elizabeth. Mit „z". Benannt nach der britischen Königin, die wenige Tage vor Lizzys Geburt den Thron von England bestiegen hatte. Er, Sven und Svenja hatten in den Ferien oft miteinander gespielt. Die beiden wohnten ebenfalls in Nebel, nur ein paar Häuser weiter in Richtung Ortskern. Er hatte Sven schon mit vier Jahren auf dem Spielplatz kennengelernt. Oder eigentlich erst einmal Svenja: Der eher nach innen gekehrte

Sven war bei der kontaktfreudigen Svenja im Schlepptau dabei.

Doch wie herum auch immer: Sven und Svenja gab es ausschließlich im Zweierpack. Hark und sie waren im selben Jahr geboren. Und bis sie 14 Jahre alt waren, hatten sie sich regelmäßig getroffen, wenn Hark Tante Lizzy auf der Insel besuchte. Weihnachten, Ostern, in den Sommerferien und, wenn es ging, auch immer zum Biikebrennen im Februar.

Doch dann – sie war gerade erst 14 geworden, er schon ein paar Monate länger 14 Jahre alt – war es zwischen ihm und Svenja plötzlich ganz anders gewesen. Sie beide teilten beim Biikebrennen an einem kleinen Nebenfeuer ihr erstes Bier, hielten sich an den Händen, schauten sich in die Augen, umarmten sich. Ein erster Kuss? Doch kurz bevor ihre Lippen sich berührten, sprang Sven mit geballten Fäusten zwischen sie, schubste sie brutal auseinander. Mörderische Wut funkelte in seinen Augen, er knurrte etwas Unverständliches, das deutlich machte: „Wage es ja nicht".

„Wie von Sinnen", dachte Hark damals.

Svenja wandte sich entsetzt ab, Hark verzog sich rüber auf die andere Seite des lodernden Feuers zu seiner Familie.

Danach wurde alles anders. Hark hielt sich von „Sven und Svenja" fern, auch wenn er noch lange mit verliebter Sehnsucht an Svenja dachte und sie noch über Monate seine Tagträume bestimmte. Die Mutter der beiden starb kurz darauf bei der Geburt ihrer jüngsten Tochter Christine, was die Stimmung in ihrer Familie grundlegend veränderte. Und wenig später hörte Hark dann auch auf, mit seinen Eltern in den Urlaub zu fahren. Tante Lizzy sah er für die nächsten Jahre nur noch an den Geburtstagen, an Ostern und an Weihnachten, wenn wenig Zeit für anderes war. Stattdessen ging es in den Ferien mit der Jugendgruppe zum Skifahren, in späteren Jahren mit Freunden in den Süden – und erst ab Anfang zwanzig, sehr früh schon mit eigener Familie, auch mal wieder und dann immer öfter zu Tante Lizzy.

Während Hark Petersen seinen Gedanken nachhing, hatte sein Assistent den Polizei-BMW am Fährhafen Schlüttsiel vorbei bis zum Fährhafen Dagebüll-Mole gelenkt.

„Einen Auto-Platz auf der Fähre habe ich nicht mehr bekommen", unterbrach Leif zum ersten Mal seit ihrer Abfahrt das Schweigen und die Gedanken seines Chefs. „Wir müssen als Fußgänger an Bord; die Amrumer Kollegen holen uns am Anleger Wittdün ab."

Eine Fähre war vor wenigen Minuten angekommen, ihnen selbst blieb aber noch fast eine Stunde, bis das Schiff nach Amrum ablegen würde. Mit leichten Bewegungen steuerte Leif den Wagen auf den Inselparkplatz unweit des Fähranlegers. Hier parkten die Bewohner von Föhr und Amrum ihre Fahrzeuge, wenn sie sich die teure Überfahrt auf ihre Insel sparen wollten oder keinen Platz mehr auf der Fähre ergattert hatten, und hier parkten die Feriengäste aus eben denselben Gründen. Jetzt, Mitte April, war der Inselparkplatz zu kaum mehr als der Hälfte belegt.

Die ersten Fahrgäste der gerade eingetroffenen Fähre hatten bereits ihre Autos erreicht und waren dabei einzusteigen. Leif fuhr auf einen freien Parkplatz gleich in der Nähe der Einlassschranke und stoppte den Motor. Fast zeitgleich öffneten Petersen und er die Türen. Im selben Moment traf sie ein greller Blitz. Eine gewaltige Detonation durchschnitt die Luft, schlug die gerade geöffneten Autotüren gegen ihre Arme und sie zurück in ihre Sitze. Direkt vor ihnen, keine 15 Meter entfernt, war ein Auto explodiert.

Für einen Moment waren Leif und Petersen wie gelähmt; die Arme schmerzten vom Aufprall auf die Autotüren, die Ohren dröhnten. Dann sprangen beide fast gleichzeitig aus dem Wagen. Sie hatten, typisch Polizei, mehr oder weniger unbewusst registriert, dass jemand in das Auto gestiegen war, das gerade in die Luft gegangen war. Sie rannten hinüber, doch schon in fünf Meter Entfernung hielt die Hitze des brennenden

Fahrzeugs sie von einer weiteren Annäherung ab. Petersen zückte sein Smartphone und wählte mit zitternden Fingern die 112 für die Feuerwehr – und für den Rettungswagen, von dem er sich angesichts des Flammeninfernos aber nur noch wenig erhoffte. Dann wählte er die Nummer der KTU, denn schon jetzt bestand kein Zweifel daran, dass dies hier kriminaltechnisch zu untersuchen sein würde.

„Stell den Halter fest", raunte er dem ebenfalls noch zitternden Leif Hansen zu. Der griff mit ausdrucksloser Miene zum Handy und gab den Kollegen das Autokennzeichen durch.

Die Antwort kam nach nur einer Minute: „Olufsen"; „Lars Olufsen".

7

Lars Olufsen war beunruhigt. Nicht, dass er seinen Cousin Sven sonderlich gemocht hätte. Ganz im Gegenteil. Doch dessen mysteriöses Verschwinden irritierte jeden in der Familie. Außerdem hatten sie in enger geschäftlicher Beziehung zueinander gestanden.

Darüber hinaus erinnerte sein Verschwinden an den nie aufgeklärten Tod seines Vaters Karl vor drei Jahren. Vater war seinerzeit, ebenfalls an einem Sonntag und ebenfalls allein, aufs Meer hinaus gefahren. Seine Leiche wurde acht Tage später auf Föhr angespült. Das Boot hatte man nie gefunden und die Todesursache wurde nie geklärt. Ertrunken war Karl mit Sicherheit nicht. Tödliche Verletzungen wurden an seinem Körper beziehungsweise dem, was nach acht Tagen im Meer und an einem Strand voller hungriger Seevögel und Krebse noch davon übrig war, auch nicht entdeckt.

Aber seinen Spaß wollte sich Lars heute trotzdem nicht nehmen lassen. Mareike hatte ihn fürs Wochenende zu sich nach Hamburg eingeladen. Sie war eine der Touristinnen, die Sören und er auf der Party in Nebel am letzten Samstag aufgegabelt hatten. Der Abend mit ihr war aufregend und vielversprechend gewesen, auch wenn er dabei nicht ganz so weit gekommen war wie erhofft. Das sollte sich heute Nacht unbedingt ändern.

Darum hatte er die Zwölf-Uhr-Fähre von Wittdün aus genommen und war jetzt gerade in Dagebüll-Mole angekommen. Mit dem Parken war das so eine Sache. Meist war eine Dauerparkkarte trotz der Sondertarife, die die Fährgesellschaft den Insulanern gewährte, günstiger, als das Auto mit auf die Insel zu nehmen. Zumindest, wenn man öfter mal fuhr. Außerdem konnte man sich sicher sein, einen Platz auf der Fähre zu bekommen, wenn man das Auto nicht in die eine oder andere Richtung mitnehmen musste. Anderseits hatte man dann den Wagen auf der Insel auch nicht zur Verfügung, und alles, was auf dem Festland gekauft worden war, musste mit Muskelkraft nach Hause geschafft werden.

Lars war nur mit leichtem Gepäck unterwegs. Für die knapp 700 Meter vom Fähranleger bis zum Auto wartete er gar nicht erst auf den regelmäßig verkehrenden Shuttlebus. Er legte sie in kaum zehn Minuten zu Fuß zurück. Bei seinem S-Klasse Mercedes angekommen, den er sich vor allem für den seriösen Auftritt gegenüber Kunden zugelegt hatte, fiel Lars der BMW auf, der rasant in eine Parklücke in der Nähe steuerte.

„War das nicht Hark Petersen auf dem Beifahrersitz?", fragte er sich beim Einsteigen. Aber mit Hark hatten eher seine Geschwister als er Kontakt gehabt und außerdem hatte er es eilig. Daher wollte er lieber keine Fragen riskieren, die der Kommissar vielleicht zu Sven haben würde. Anstatt Petersen begrüßen zu gehen, setzte Lars sich in den Wagen und schlug die Fahrertür zu. Die Explosion tötete ihn sofort.

8

Langsam wich die Lähmung aus Petersens Körper. Der Schreck über die Explosion und den Tod eines Menschen direkt vor seiner Nase ließen ihn innerlich weiter zittern. Doch der distanzierte Geist des Kriminalisten gewann wieder Oberhand. „Lars Olufsen", hatte Leif ihm gerade gesagt, war der Halter des Fahrzeugs. Das konnte unmöglich ein Zufall sein.

Hier war etwas im Gange! Vermutlich etwas Großes. Petersen war sich fast sicher, erst den Anfang und nicht das Ende eines Dramas zu sehen.

Von Ferne näherten sich Sirenen und wenig später rasten drei Löschfahrzeuge, zwei Polizeiautos und ein Rettungswagen auf den Parkplatz, dessen Schranke ein umsichtiger Mitarbeiter des Parkplatzbetreibers bereits beim ersten Sirenenklang geöffnet hatte. Die Feuerwehrleute sprangen aus ihren Fahrzeugen, Schläuche wurden entrollt. Alles passierte rasend schnell und dennoch ruhig und routiniert. Ein Schwall von Löschschaum ergoss sich auf den brennenden Mercedes und erstickte das Feuer in kürzester Zeit. Die Hitze nahm ab, Petersen konnte sich dem Fahrzeug jetzt nähern, ohne Gefahr zu laufen, ebenfalls Feuer zu fangen.

Eine einzige Person konnte er im Auto ausmachen. Auf dem Fahrersitz. Von großer Statur; wahrscheinlich ein Mann, auch wenn von den Gesichtszügen oder der Kleidung kaum noch etwas zu erkennen war. Der Sprengsatz konnte nicht sehr groß gewesen sein, denn die Autos in der Umgebung und auch ihr eigener BMW hatten kaum etwas abbekommen. Nur die beiden Wagen direkt neben dem Mercedes hatten durch das Feuer deutlich gelitten.

Auf den Fahrer hatte die Explosion allerdings eine verheerende Wirkung gehabt. Vermutlich war der Sprengsatz, wenn es denn einer war, direkt unter dem Fahrersitz angebracht gewesen, überlegte Petersen. Genaueres würde man aber erst nach der Untersuchung wissen.

„Übernimm du das hier", sagte er zu Leif, „und lass es mich wissen, sobald der Fahrer identifiziert ist. Ich sehe zu, dass ich rüber nach Amrum komme und schon mal die Verwandten von Sven und Lars Olufsen spreche." ... „Und warne", dachte er still und nur für sich selbst.

9

Petersen hatte den etwa drei Jahre jüngeren Lars Olufsen kaum gekannt. Manchmal waren Lars und sein Bruder Sören bei Sven und Svenja im Haus gewesen, wenn er zu Besuch kam. Sie spielten dort gelegentlich mit ihren Cousins Peer und Gunnar, die ungefähr ihr Alter hatten. Als Erwachsenen hatte er ihn hin und wieder auf einer der Partys in der Strandhalle Nebel gesehen; immer auf der Pirsch nach Touristinnen.

Ein persönliches Wort gewechselt hatten sie nie, aber meistens ein paar Gemeinplätze getauscht, übers Wetter, die Musik, die Entwicklungen auf der Insel. Seine persönliche Trauer hielt sich somit in Grenzen, seine Beunruhigung aber nicht. Dass die beiden Fälle miteinander zu tun hatten, war offenkundig.

„Zufälle gibt es nicht", hatte man ihm auf der Polizeischule in Eutin beigebracht. Das war natürlich eine arg vereinfachte Faustformel, fand er – in diesem Fall aber wohl zutreffend. Hatte es hier jemand auf die Familie Olufsen als Ganzes abgesehen? Das musste er so schnell wie möglich herausfinden – und, falls ja, unbedingt verhindern.

Der Kommissar ließ sich von einem der angerückten Polizeiwagen zur Fähre bringen, die gerade angelegt hatte. Von Föhr kommend spie sie einen unendlich scheinenden Schwall an Fahrzeugen aus sowie an Menschen, die, meist mit großem Gepäck, zu Fuß unterwegs waren und zur wenige Schritte entfernten Bahnstation strebten. Er kaufte sich eine Fahrkarte und ging, nachdem die Welle Aussteigender versiegt war, die im Zickzack geführte Rampe hoch zum Fußgänger-Einstieg.

Dies war eine der neuen Fähren, die in den letzten Jahren nach und nach in Dienst gestellt wurden. Sie hatten die alten Schiffe seiner Kindheit und Jugend inzwischen fast vollständig abgelöst. Das Schiff hieß „Uthlande", „Außenland". So wurden die dem Festland vorgelagerten Inseln im Niederdeutschen genannt. Bei den alten Fähren – mit der Vorgänger-„Uthlande" war er gefühlte hundert Mal nach Amrum übergesetzt – hatte es keine eigene Rampe für Fußgänger gegeben. Vielmehr hatten die Fahrzeuge, Zweibeiner und Radfahrer alle denselben Weg auf das Schiff genommen. Die Fußgänger mal mehr, mal weniger diszipliniert, oft eifrig-eilig, fast drängelnd, eine Minderheit aber auch demonstrativ gelassen. Die Fahrzeugfahrer, innerlich meist ebenso gedrängt, wurden äußerlich durch die Gesten des Fährpersonals in Schranken gehalten und einer nach dem anderen in eine Fahrspur eingewiesen. Die, die zu Fuß unterwegs waren, hatten dann links in den Gang gehen und dort ihr Gepäck abstellen können, während sich die Autos erst in die Fähre ergossen, wenn alle anderen den Weg freigegeben hatten.

Bei den neuen Fähren ging alles schneller: Während die Fußgänger seitlich die Rampe erklommen und das Schiff im Oberdeck betraten, füllte sich gleichzeitig das Unterdeck mit den PKW, LKW und den Anhängern, die von Schleppfahrzeugen an Bord gebracht und am Bestimmungsort von ähnlichen Schleppfahrzeugen wieder herausgezogen wurden. Außerdem hatten diese neuen Fähren ihre Brücke genau in der Mitte, so dass sie anlegen, ablegen und losfahren konnten, ohne erst umzudrehen. Auch das ein klarer Zeitvorteil. Aber den Charme der alten Fähren hatten die neuen bei weitem nicht, fand Petersen.

Im „Salon" der Fähre setzte der Kommissar sich auf einen der Barhocker am langgezogenen Tisch im Mittelgang. Er suchte sich einen Platz ganz an der Ecke und möglichst weit weg von anderen Passagieren, um gleich in Ruhe seine Telefonate führen zu können.

Der Schreck saß ihm immer noch in den Gliedern und er hätte sich gerne ein Bier bestellt. Doch das war jetzt natürlich nicht drin. Heute Abend vielleicht. Der Kellner kam, wie immer, erst, nachdem das Schiff bereits abgelegt und der Großteil der potenziellen Gäste Platz genommen hatte. Petersen staunte immer wieder über die Gastronomie an Bord dieser Fähren. Oft füllten sich die vielen Hundert Sitzplätze im

„Salon" innerhalb weniger Minuten vollständig mit gestressten Reisenden. Von denen wollte vielleicht die Hälfte – einen Verzehrzwang gab es hier an Bord nicht – auch etwas zu essen oder zu trinken haben. Dann ging eine Handvoll Kellner in aller Ruhe, aber zügig von Tisch zu Tisch, von Gast zu Gast und nahm die Bestellungen mit einem Hand-held elektronisch auf. Wenn das Schiff nach gerade einmal einer Dreiviertelstunde in Wyk auf der Insel Föhr anlegte, war alles serviert, verzehrt und abkassiert. Kaffee, Wasser, Wein und Bier, Weißwurst mit Brezel, Bockwurst mit Kartoffelsalat, Chili con Carne und jede Menge Kuchen blieben dabei im wahrsten Sinne des Wortes auf der Strecke. In den Vormittagsstunden zudem eine ansehnliche Frühstücks-Auswahl.

„Eine Meisterleistung", fand nicht nur Petersen.

Auf der zweiten Etappe der Fahrt, von Wyk auf Föhr nach Wittdün auf Amrum, ging es dann in der Regel deutlich beschaulicher zu. Der Service und die Küche konnten zwei/drei Gänge runterschalten, weil das Schiff nur noch zur Hälfte oder gar einem Viertel gefüllt war.

Der Kellner, der jetzt auf Petersen zusteuerte, war ein schlanker, hochgewachsener, junger blonder Mann mit breiten Schultern, schmalen Hüften und einem raubtierartig geschmeidigen Gang. „Fremdenlegion" assoziierte Petersen spontan und war sofort wieder der wachsame Polizist im Einsatz. Aber der Blick des jungen Mannes war sanft und freundlich. Sein Gesicht, vor allem die Augen, lösten in Hark Erinnerungen aus. Die konnte er zwar nicht fassen und zurückverfolgen, aber es waren positive Erinnerungen. „Auf jeden Fall positive", dachte er und staunte über diese Nachdrücklichkeit selbst.

Aber er kam nicht darauf, wann und wo er diesen vielleicht zwanzig Jahre alten Mann schon mal gesehen haben könnte. Der Hauch einer bayerischen Sprachfärbung in seiner Sprache, kaum wahrnehmbar und bei weitem zu schwach, als dass man sie konkret hätte benennen können, ließ ihn jedoch daran zweifeln, ihm tatsächlich schon einmal begegnet zu sein: Seine nicht greifbare, aber eindeutig regional orientierte Erinnerung und Bayern – das passte einfach nicht zusammen.

Petersen orderte bei dem jungen Mann einen Cappuccino und zwei Stücke Kuchen. Nervennahrung! Dann griff er zu seinem Handy und wählte die Nummer der Amrumer Polizeistation. Er schilderte die Situation, erklärte, dass das Fahrzeug Lars Olufsen gehört hatte, dass der Fahrer aber noch nicht identifiziert worden war. Daher, bitteschön, dürfe noch nichts Offizielles nach draußen dringen. Außerdem sollten die Kollegen den Aufenthaltsort aller Mitglieder der Familie Olufsen feststellen – ausschließlich mit dem Hinweis auf das Verschwinden von Sven, wenn sie denn nach einem Grund gefragt würden. Er wollte noch heute mit möglichst vielen von ihnen sprechen.

Der Kellner – ein anderer als der, der die Bestellung aufgenommen hatte – brachte ihm seinen Kaffee und Kuchen. Petersen bat, das Gespräch mit Amrum kurz unterbrechend, um noch ein zweites Päckchen Zucker. Ein einziges wurde seinen Nerven jetzt keinesfalls gerecht. Dann ließ er sich kurz berichten, was es Neues in Sachen Sven Olufsen, Volvo und Boot gab.

Die Kollegen hatten inzwischen den Vorabend seines Verschwindens nachvollziehen können. Mehrere Personen waren ermittelt worden, die Sven am Samstagabend auf der Party im „Irrlicht" getroffen hatten. Andere hatten gesehen, wie er ging. Allein! Manche hatten ein paar Worte mit ihm gewechselt oder hatten zumindest gesehen, mit wem er gesprochen hatte. Nach dem Verlassen der Party war er von keinem Zeugen mehr gesehen worden, bis zur Begegnung mit dem Hafenmeister am Sonntagmorgen. Auch da war er allein gewesen.

Der nächste, sehr kurze Anruf galt seinem Chef, der bereits über die Explosion auf dem Fährparkplatz detailliert informiert war.

„Du leitest jetzt die Soko Big-Bang", ließ der ihn wissen. „Aber die besteht erst mal nur aus dir, Leif und den Amrumer Kollegen. Vor Montag kann ich dir nicht mehr Leute rüberschicken. Sorry, alle verplant. Aber du machst das schon!"

Nach dem Auflegen musste Petersen die Entscheidung treffen, seinen Kaffee endgültig kalt werden zu lassen, sich mit nur einem Päckchen Zucker zu begnügen, die Aufmerksamkeit eines der eifrig bedienenden Kellner zu erheischen oder sich am Coffee-to-go-Counter selbst noch ein Päckchen Zucker zu holen. Er entschied sich für letzteres. Genussvoll rührte er den neu gewonnenen Zucker zusammen mit dem ordnungsgemäß servierten in seinen Cappuccino, trank ein paar Schlucke, aß das erste Stück Apfelkuchen – „gar nicht so schlecht" – und griff dann wieder nach seinem Handy. Über seine Favoriten-Kontakte wählte er Tante Lizzy an.

„Hark", klang es nach nur drei Freizeichen erfreut von der anderen Seite. „Was gibt's, mein Junge?"

Zwei oder drei Mal im Monat telefonierte er mit seiner Tante, aber eigentlich nie an einem Samstagnachmittag. So hatte die kluge „alte Dame" sofort darauf geschlossen, dass er ein Anliegen haben würde.

„Ich bin gerade auf der Fähre nach Amrum und werde bei euch eine Menge Arbeit zu tun haben", schilderte er. „Heute den ganzen Abend und morgen wohl auch noch den ganzen Tag. Kann ich einige Zeit bei dir unterkommen?"

„Und", fügte er hinzu, „ich habe noch nicht einmal eine Zahnbürste dabei."

Tante Lizzy hatte damit kein Problem. Ganz im Gegenteil, wie ihre Stimme deutlich machte.

„So lange du willst", sagte sie. „Ich richte dir dein Zimmer her. Und besorge, was du brauchst."

„Geht bestimmt um Olufsen", fügte sie mehr als Feststellung denn als Frage hinzu und erwartete auch keine Antwort von ihm.

Das Gespräch mit seiner Tante hatte Hark gleich ruhiger gemacht und seine Stimmung deutlich gehoben. Er mochte Lizzy und Lizzy mochte ihn. Mit Ausnahme einer Verweigerungsphase im Alter von vielleicht 16 bis 19 hatte er sie immer auch jenseits der Feiertage besucht. Wenn er allein war, übernachtete er dann meist in einem der beiden kleinen Besucherzimmer in ihrer Wohnung, wenn er mit Familie reiste, in einer ihrer separaten Ferienwohnungen im selben Haus. Auch jetzt würde sie ihm sein angestammtes Besucherzimmer herrichten und dafür sorgen, dass er sich waschen und rasieren kann und etwas anzuziehen hat.

Petersen sah sich als nur mäßig geselligen Typ. Er vermisste nichts, wenn er allein war, kam aber auch mit den meisten Menschen gut zurecht. Er verstand sich durchaus auf Smalltalk, an dem er dann aber auch recht schnell die Lust verlor, wenn er nicht zum „Big Talk" wurde. Mit Tante Lizzy war für ihn auch small Talk big Fun, wie er sich immer sagte. Sie war lustig, unterhaltsam, intelligent und konnte in Sekundenbruchteilen von ausgelassen auf ernst umschwenken, wenn es sein musste. Aber auch umgekehrt. Und ernsthafte Gespräche waren jederzeit drin.

„Lustig" war hingegen kein Attribut, mit dem man Hark Petersen beschrieben hätte und auch „unterhaltsam" war sicherlich nicht das naheliegendste Adjektiv. Aber er war intelligent, aufmerksam, einfühlsam und grundsätzlich jedem gegenüber offen, bis der anfing, ihn zu langweilen. Daher kam er auch mit fast allen gebürtigen Amrumern von Anfang an super klar, obwohl er formell gerade mal ein Viertel „Einheimischenstatus" vorweisen konnte. Und da er schon mit dreizehn fast auf seine heutige Größe von 1,82 Meter gewachsen war, schlank, sportlich, freundlich, aber selbstbestimmt, hatte er als Jugendlicher auf der Insel wie auch in seiner Heimatstadt Hamburg einen leichteren Stand gehabt als manch anderer.

Petersen riss sich aus seinen in die Jugend abschweifenden Gedanken los und griff wieder zum Smartphone. Leif Hansen

war schon nach dem ersten Rufton am Apparat. „Hallo Chef!",
meldete er sich, fühlte kurz nach, ob er zuhören oder berichten
sollte und entschied sich dann, ganz richtig, für berichten: Das
Feuer war ja noch in Petersens Gegenwart gelöscht worden,
das Fahrzeug danach innerhalb kurzer Zeit so weit abgekühlt,
dass es, ebenso wie das Opfer, untersucht werden konnte. Das
Gesicht des Toten ließ keine eindeutige Identifizierung zu, aber
es gab ein Portemonnaie. Es hatte wohl mal in der Brusttasche
seiner Jacke gesteckt, bevor diese sich in den Flammen auf-
löste, und war nur mäßig in Mitleidenschaft gezogen worden.
Der Ausweis darin gehörte einem Lars Olufsen, 42 Jahre alt,
wohnhaft in der Ortschaft Norddorf auf Amrum.

Der Gerichtsmediziner hatte den Toten bereits angeschaut
und ausgemessen: Männlich, 1,84 Meter groß – so wie es auch
im sichergestellten Ausweis stand. Das Fahrzeug war ebenfalls
auf Lars Olufsen zugelassen, und Lars war auf der kurz vor
der Explosion angekommenen Fähre gewesen, wie ein Anruf
bei dessen jüngerem Bruder Sören ergab. Der hatte Lars selbst
dort abgesetzt und ihn an Bord gehen sehen.

Damit war die Frage nach der Identität des Toten eigentlich
nur noch ein Formalie. Die jedoch müsste erfüllt sein, bevor
irgendjemand von der Polizei sich dazu offiziell äußern würde.
Die Kollegen auf Amrum waren schon mit dem sichtlich unter
Schock stehenden Sören unterwegs. Sie wollten DNA-Mate-
rial von Lars in dessen Haus sicherstellen und mit der 17:25-
Uhr-Fähre zum Festland rüberschicken.

Die KTU hatte ebenfalls schon ihre Arbeit aufgenommen,
soweit das hier vor Ort möglich war.

„Es war offenbar ein mäßig großer Sprengsatz, verbunden
mit einem hochexplosiven Brandbeschleuniger", schilderte
Leif. „Der war direkt unter dem Fahrersitz angebracht, aber
wohl nicht mit der Fahrzeugzündung verdrahtet." Die vor
allem nach oben gerichtete Druckwelle hatte den Fahrer vermutlich sofort getötet, fast alle Scheiben des Wagens nach
außen gedrückt und an den Fahrzeugen im Umkreis von etwa

20 Metern mehr oder weniger große Lackschäden hinterlassen – je nachdem, ob sie durch andere Autos abgeschirmt waren oder nicht. Ihr eigener Dienst-BMW hatte durch splitterndes Glas einige Kratzer abbekommen, war aber fahrbereit. Abgesehen von dem toten Fahrer gab es keine Verletzten, da niemand in der Nähe im Freien gestanden hatte. Fast ein Wunder, so kurz nach Ankunft einer Fähre.

„Zwei Sekunden später", dachte Petersen schaudernd, „und wir selbst wären mit Glas gespickt worden."

Über die genaue Art des Sprengstoffs, seiner Zündung und des Brandbeschleunigers würde die KTU erst nach der Überführung in die polizeieigene Werkstatt und gründlicher Untersuchung etwas sagen können, fuhr Leif fort. Ein Unfall war aber schon jetzt definitiv auszuschließen.

„Bist du dann dort soweit fertig?", fragte Petersen seinen gerade vor kurzem zum Kriminalmeister beförderten Assistenten.

Als dieser bejahte, ordnete er zu dessen unüberhörbarer Freude an, nach Hause zu fahren, das Nötigste für ein paar Tage auf der Insel einzupacken und rechtzeitig vor Abfahrt der 18-Uhr-Fähre, der für heute letzten nach Amrum, nach Dagebüll-Mole zurückzukehren. Selbst ohne Blaulicht sollte das machbar sein: Leif Hansen wohnte in Bredstedt, keine halbe Stunde vom Fähranleger entfernt. Seine Familie lebte in Flensburg, eine feste Beziehung hatte er zurzeit nicht. Erklärungen würde es daher nicht brauchen. Auch eine Verabredung hatte er für diesen Samstagabend nicht. Ausnahmsweise mal.

Die Fähre hatte Wyk auf Föhr mittlerweile fast erreicht. Die Kellner waren zügig am Kassieren.

„Stimmt so", sagte Petersen. Er schob dem Kellner einen Zehn-Euro-Schein rüber und ließ sich eine Quittung geben. Der Mann war weder derjenige, der die Bestellung aufgenommen, noch derjenige, der ihm die Sachen gebracht und den nachgeorderten Zucker vergessen hatte.

Dann ging der Kriminalhauptkommissar hoch aufs „Sonnendeck", das auch dann „Sonnendeck" hieß, wenn die Sonne einmal nicht schien. So wie jetzt gerade.

Von der Reling aus blickte er auf die Fahrzeugkolonne, die sich auf die im Vergleich zu Amrum deutlich größere Insel ergoss, und ließ sich den kalten Seewind um die Nase wehen. Auch wenn der sich im Moment mit den Dieselgerüchen aus dem Schiffsschornstein vermischte, genoss er ihn. So blieb er auch nach Ablegen der Fähre noch eine Weile oben, suchte sich eine windgeschützte Stelle, zog den Mantel enger um sich und ließ seine Gedanken vorausschweifen in Richtung Amrum.

10

Schon in seiner Kindheit war die Insel für ihn zur Heimat geworden, fast mehr noch als die elterliche Wohnung in Hamburg. Auch Freddy hatte sich sofort in die Insel und in das reetgedeckte Haus von Tante Lizzy verliebt, als er sie zum ersten Mal mit nach Amrum brachte. Seither kamen sie immer und immer wieder hierher. In letzter Zeit aber leider weniger oft als in den ersten 20 Jahren ihrer Ehe. Die Fernbeziehung forderte ihren Tribut: Die wenige gemeinsame Zeit verbrachten sie nun meist in seinem „Loft", wie Leif Hansen seine Wohnung am Husumer Hafen mit penetranter Beharrlichkeit nannte. Oder sie waren in ihrem Haus in Kiel. Selten ließen die Dienstpläne jetzt noch eine Reise auf die Insel zu. Nur die Ferien und Feiertage waren weiterhin fest geplante gemeinsame Amrumzeit.

Grundsätzlich wussten Hark und Freddy ihrer Fernbeziehung vor allem positive Seiten abzugewinnen. Als Teilzeit-Singles konnten sie ihre Arbeitstage rein nach den beruflichen Anforderungen und persönlichen Bedürfnissen ausrichten, ohne Absprachen und gegenseitige Rücksichtnahmen. Gleichzeitig konnten sie aber eine tiefe partnerschaftliche Liebe genießen, wann immer die Zeit es zuließ. Wurde die Sehnsucht zu groß, was gar nicht so selten vorkam, setzte sich einer von ihnen ins Auto und kam dann halt am nächsten Tag ein wenig übermüdet zur Arbeit. Mit den Kindern im Haus wäre das so nicht machbar gewesen, aber Max und Beckie ließen sich ohnehin nur noch selten blicken, seit sie zum Studium weggezogen waren.

Die Liebe zu Freddy war heute noch so innig wie am ersten Tag. An diesem ersten Tag stand er mit hunderten anderen Kollegen in der schweren Demo-Montur der Bereitschaftspolizei vor einer Heringskonservenfabrik in Lübeck-Schlutup. Ziemlich genau dort, wo zwei Jahre zuvor noch die bundesdeutsche Welt an der DDR-Grenze geendet hatte. Nun war der Weg von Ost nach West frei, für die Menschen ebenso wie für die gefangenen Heringe.

Eine große, bunte Menschenmenge hatte sich in dem ansonsten eher trostlos grauen Industriegelände vor den Polizisten versammelt. „Fangverbot sofort!", „Stoppt die Ostseeausbeutung", „Leere Meere töten Zukunft!", „Ost und West fischt gemeinsam den Rest" und anderes mehr prangte auf den Plakaten der Umweltgruppen, denen Hark hier nun schon seit einer Stunde Auge in Auge gegenüber stand.

Er hatte keine Meinung zu dem Ganzen, aber einen Befehl. Der lautete: 1. die Fabrik vor Übergriffen schützen und 2. den Weg für den Lieferverkehr freihalten. 1. klappte problemlos, 2. aber überhaupt nicht, da allein schon die Menge an Demonstranten und Polizisten Fahrzeuge an der Durchfahrt hinderte.

Grundsätzlich machten Petersen solche Situationen nichts aus. Im Gegenteil: Er genoss den Adrenalinkick sogar gelegentlich. Seit gut fünf Minuten aber stand nun schon eine zierliche junge Frau mit langen, dunkelblonden Haaren direkt vor ihm, hielt ständigen Augenkontakt und lächelte ihn aus fröhlich blitzenden Augen spöttisch herausfordernd an, während sie gleichzeitig mit den anderen die Parolen der Plakate skandierte. Das irritierte ihn irgendwie. Außerdem brannte die heiße Junisonne auf seinen Helm, heizte seine Schutzkleidung auf und ließ ihm den Schweiß in Strömen vom Gesicht rinnen. Sie hingegen stand im luftigen Trägershirt und kurzem Rock wenige Zentimeter vor seinem Schutzschild und zeigte keinerlei Zeichen von Anstrengung, während sie versuchte, den Heringsfang allein mit Stimmgewalt zu stoppen.

Plötzlich kam Bewegung in die Menge. Die Demonstranten setzten an, durch die Polizeikette zum Fabriktor vorzudrängen. Nur das Mädchen tat nichts dergleichen, blieb unbeirrt vor ihm stehen. Ein kräftiger, schwarz gekleideter Demonstrant schob sich von rechts heran, wollte offenkundig genau dort hindurch, wo Hark stand.

„Das ist meiner", knurrte sie ihn an und hielt ihm mit strengem Blick eine Handfläche entgegen.

Der Demonstrant guckte verblüfft, drehte dann aber ab. Das Mädchen rückte nun noch näher heran. Ihre kleinen Brüste berührten das Schild, ihre Arme waren zur Seite gestreckt, die Handflächen nach hinten zu den drängenden Demonstranten gerichtet, die nun um sie herumflossen, ohne ihr dabei zu nahe zu kommen. Wie eine Säule standen die beiden in den in Bewegung geratenen Massen aus Demonstranten und Polizisten. Regungslos und Auge in Auge.

Oft hatte Hark sich später gefragt, was er dabei gedacht hatte. „Absolut gar nichts!", war auch Jahrzehnte später noch seine Vermutung. Sein Geist hatte sich völlig in den Augen seines wunderschönen Gegenübers verloren.

Dann war das Mädchen plötzlich weg. Von einem Lidschlag auf den anderen, und ganz langsam begann sein Gehirn wieder zu arbeiten. Er schaute sich um, schlängelte sich zu seinen Kollegen durch und half ihnen, die Menschenmenge unnachgiebig zurückzudrängen.

Lautsprecheransagen der Einsatzleitung erklärten die Demonstration für aufgelöst, Lautsprecheransagen der Veranstalter riefen dazu auf, sich friedlich zurückzuziehen. Eine Stunde lang hielt die Polizei noch die Stellung, dann endlich konnte

Hark den Helm abnehmen und durchatmen. Im Mannschafts-
wagen ging es zurück nach Kiel.

„Ey, Petersen, was war denn das da vorhin mit dir? Hatte
dich der Blitz getroffen?", unkte sein Kumpel Tobias.

„Muss wohl sowas gewesen sein", grinste er zurück.
„Gehen wir heute Abend die Spannung runterspülen?"

Ihre Stammkneipe war an diesem lauen Sommerabend nur
zur Hälfte gefüllt. Tobias und Hark hatten kein Problem, einen
Platz am Tresen zu ergattern. Mit ihren gerade mal 20 Jahren
hatten sie die Anstrengungen und die Hitze des Tages einfach
mit einer kalten Dusche abspülen können und waren fit für den
Abend. Tobias hatte sich schon seit einigen Minuten in einer
heißen Partie am Flipperautomaten festgebissen, da legte sich
Hark eine leichte Hand auf die Schulter.

„He, Bulle, bestell mir ein Bier", sagte das Mädchen. Er tat
es.

„Gehen wir zu mir", sagte sie wenig später. Er tat es.

Max kam neun Monate später auf die Welt, ein halbes Jahr
nach ihrer Heirat. Da war Freddy gerade 20 geworden.
Freunde schüttelten staunend den Kopf über das ungleiche
Paar. „Das wird nie was", glaubten sie zu wissen. Aber von
seinen und vor allem von Freddys Eltern kam volle Unterstüt-
zung. Und es wurde mehr als nur „was".

11

Die Sonne war in dem Augenblick durch die Wolken gebrochen, in dem die Fähre die Fahrrinne in Richtung Amrum erreicht hatte und um 90 Grad nach rechts, nach Steuerbord,
drehte. Ihre Strahlen kamen fast direkt von vorne. Sofort
wurde es wärmer und Petersen lockerte den Griff, mit dem er
seine Jacke am Hals zusammengezogen hatte.

Am Horizont konnte er sein Ziel bereits ausmachen: Ein
langgestreckter dunkler Streifen zwischen dem Grau des Mee-
res und dem von immer mehr blauen Flächen durchbrochenen

Weiß und Grau des Himmels. Eine senkrecht stehende Silhouette hob sich vom noch weit entfernten Schatten der Insel ab, der berühmte Amrumer Leuchtturm: 42 Meter hoch, aber auf einer Anhöhe erbaut, so dass er den Meeresspiegel um insgesamt 67 Meter überragte. Auf diese Entfernung hatte er noch Streichholz-Format und sein dunkler Schattenriss ließ sein charakteristisches Rot-weiß-rot-Muster noch nicht einmal erahnen.

Der Wind war schwach, die Temperatur vergleichsweise mild, Petersen genoss die langsame Annäherung an das vor seinen Augen immer größer werdende Ziel. Noch gut eine halbe Stunde, dann würden sie in Wittdün sein.

Das Anlegemanöver betrachtete er, wie auf Föhr, auch hier wieder von der Reling des Sonnendecks aus. Kein Grund, sich mit den anderen zu Fuß Reisenden zehn Minuten lang unten am Ausgang zu drängeln, um als einer der Ersten von Bord zu gehen. Das tat er lieber zwei Minuten später in aller Ruhe.

Er beobachtete, wie die Decksleute noch in deutlicher Distanz zum Anleger die massive schützende Reling des Autodecks hochfuhren, das Absperrseil lösten und zuletzt die schweren Taue mit routinierten Bewegungen um die Pfeiler am Anleger, die Dalben, schlangen. Dann ging er ruhigen Schrittes hinunter zum Salondeck, das sich noch längst nicht vollständig geleert hatte, und folgte mit angenehm leeren Händen dem Taschen schleppenden und Koffer ziehenden Menschenstrom auf der auch hier für die neuen Fähren gebauten zweistöckigen Rampe hinunter auf den Kai.

Die beiden fest auf Amrum stationierten Kollegen arbeiteten schon seit Jahren auf der Insel. Petersen kannte sie vom Sehen, hatte aber noch nie mit ihnen zusammengearbeitet. Amrum war schon seit Ewigkeiten kein Reiseziel für die Mordkommission mehr gewesen. Also hatte er die Kollegen, wie jeder andere Inselbesucher, nur im Vorbeifahren erlebt. Oder wenn sie bei einer der größeren Veranstaltungen auf der Insel nach dem Rechten schauten. Außerdem beim Insellauf, an dem auch er jedes Jahr als Läufer teilnahm, wenn es sich einrichten ließ.

Christiano Rodriguez Querra da Silva, Leiter der Polizeistation Amrum und der Einfachheit halber von seinen vielen Freunden und wenigen Feinden seit jeher „Tiano" genannt, erwartete ihn am Ende der Ausstiegsrampe. Dort, wo sie in die Bushaltestelle überging.

Da Silva hatte schwarze Haare, dunkelbraune Augen, eine hellbraune Hauttönung, breite Schultern und eine streng wie aus dem Lehrbuch sitzende dunkelblaue Polizeiuniform, die sich über einem minimalen Bauchansatz spannte. Die sorgsam gebundene Krawatte schloss den gestärkten Kragen des ebenfalls dunkelblauen Hemdes exakt ab. Auf dem Kopf trug er die erst kürzlich eingeführte, weitgehend weiße Mütze des Streifenpolizisten.

Die Begrüßung war kurz und herzlich, da Silva stellte sich mit „Tiano" und einem „Ich bin hier der Dienststellenleiter" vor. Letzteres, wohl aufgrund der nicht gerade gigantischen Personalstärke der Dienststelle, von einem leicht ironischen Lächeln begleitet.

„Moin, ich bin Hark", grüßte Petersen zurück. „Leiter der Mordkommission Nordfriesland. Freue mich auf die Zusammenarbeit." In seiner verwaschenen Jeans, Turnschuhen und dem schwarzen T-Shirt unter seinem anthrazitfarbenen Sakko kam er sich gegenüber dem überaus korrekt gekleideten Inselpolizisten gerade ein wenig underdressed vor. Petersen registrierte dieses Gefühl mit leichtem Erstaunen. Solche Empfindungen lagen ihm sonst nicht nah.

„Mein Kollege Hein steht mit Sören Olufsen da drüben", erklärte da Silva. „Wir haben mit ihm zusammen die DNA-Proben in der Wohnung seines Bruders Lars zusammengesammelt."

Der Polizist leitete Petersen mit einer Geste nach links aus dem Windschutz des Fähranlegers hinaus und zwanzig Meter an der Kaimauer entlang. Dort war der Polizeiwagen so geparkt, dass er dem doppelt langen Gelenkbus nicht im Wege stand. Auf der Insel wird Rücksicht genommen, freute sich Petersen wieder einmal.

„Wir haben Haare aus einem Kamm, eine Zahnbürste und, ähm, ein benutztes Kondom, das wir im Mülleimer gefunden haben", berichtete da Silva. „Aber es ist natürlich nicht hundertprozentig klar, ob das jeweils wirklich von Lars selbst benutzt worden ist. Daher hat Sören uns auch eine DNA-Probe von sich nehmen lassen – als familiäre Gegenprobe sozusagen. Hein bringt das gleich rüber zum Schiffsführer. Der wird es an den Boten der KTU in Dagebüll weitergeben."

Das mit der DNA-Probe vom Bruder fand Petersen ausgesprochen mitdenkend und professionell. „Das wird sicherlich eine gute Zusammenarbeit werden", freute er sich innerlich.

12

Polizeiobermeister Heinrich Dammann war eine imposante Erscheinung. Ein echter Hüne, bestimmt 1,95 Meter groß, wenn nicht größer. Auch seine Uniform saß ausgesprochen korrekt über den breiten Schultern und dem massigen, aber keinesfalls fett wirkenden Körper. Blonde Haare, eine von vielen Außeneinsätzen dauerhaft gebräunte, inseltypisch gegerbte Haut. „Ein Amrumer, wie er im Buche steht", möchte man meinen.

Aber wie so oft täuschte dieser Eindruck, wie Petersen am nächsten Abend beim gemeinsamen Essen herausfand. Hein war erst seit sieben Jahren auf der Insel. Ursprünglich stammte er aus dem Alten Land, dem Obstbaugebiet südwestlich von Hamburg, in dessen Hauptdorf Jork er aufgewachsen war. Seine ersten Erfahrungen als Polizeibeamter hatte er im Landkreis Pinneberg, nordwestlich von Hamburg gemacht. Jetzt, mit 41, lebte er mit Frau und zwei Kindern im Alter von vier und sechs Jahren in einem Reihenhaus in Wittdün.

Tiano hingegen war ein waschechter Amrum – mit familiärem Migrationshintergrund, versteht sich. Seine aus Brasilien stammende Mutter und sein spanischstämmiger Vater hatten sich 1967 als Servicepersonal in einem Amrumer Hotel kennengelernt und waren dann für immer hier vor Anker gegangen. Als Christiano drei Jahre später zur Welt kam, hatten sie bereits ihr eigenes kleines Restaurant. Das „Anker" in Norddorf war mittlerweile zu beachtlicher Größe herangewachsen und wurde von seiner jüngeren Schwester Albertina und deren Mann Dirk geleitet.

„Alte Polizeiweisheit", wies Petersen sich angesichts dieser Informationen zurecht. „Gehe nie nach dem ersten Eindruck!" Gemeinsam sorgten der zugereiste Hein und der gebürtige Tiano nun seit sieben Jahren für Recht und Ordnung auf der Insel. Zur Saison unterstützten zwei jeweils neu hinzustoßende junge Polizeimeister die beiden, die dann im Herbst die Insel wieder verließen – um einige Erfahrungen reicher und um einige Bräunungsstufen dunkler.

Petersen begrüßte Hein freundlich-kollegial und wandte sich dann Sören Olufsen zu, der neben ihm stand. Sören sah aus wie ein Häuflein Elend. Er hatte dunkle Ränder unter den wässrig schimmernden Augen, eine enorme Blässe unter seiner Inselbräune, hängende Mundwinkel und ebenso hängende Schultern. Nur seine mondäne Kleidung erinnerte noch an den sonstigen Lebemann, skrupellosen Immobilienhai und selbsternannten Frauenhelden.

„Hallo Sören", sagte Petersen und legte ihm die linke Hand mitfühlend auf die Schulter, während seine rechte die von Sören drückte. Ein „herzliches Beileid" verkniff er sich – noch stand die Identität des Toten aus polizeilicher Sicht ja nicht fest.

Sören war derjenige aus der Familie Olufsen, den er in den letzten Jahren am häufigsten getroffen und gesprochen hatte, denn Sören war ein ebenso begeisterter Langstreckenläufer wie er selbst. Sie nahmen beide jedes Jahr im September am Insellauf teil und beide liefen die oberste Härtestufe, die 28,5 Kilometer lange „Rund um Amrum"-Tour. Sören schaffte die

Strecke in 135 Minuten, wenn der Wind nicht zu ungünstig blies, und kam damit meist eine halbe Stunde vor dem ebenfalls gut trainierten Petersen ins Ziel. Auch heute noch, mit immerhin schon 40 Jahren, hielt er seine Spitzenzeiten. Dafür trainierte er fast jeden Morgen mit einem strammen Trainingslauf um die Odde herum.

„Wisst ihr schon Genaueres?", wollte Sören von Petersen wissen, während Hein zur Fähre rüber lief, um die DNA-Proben zu übergeben.

„Die KTU arbeitet dran", antwortete Petersen ausweichend. „Ob es wirklich Lars war, können wir erst nach dem DNA-Test sagen. Bis dahin besteht Hoffnung!"

Dann fragte er Sören, ob sie sich irgendwo setzen und reden könnten. Er hätte da eine Menge Fragen, und je eher er die beantwortet bekäme, desto größer die Chance, das Ganze aufzuklären. Sören stimmte zu.

Die beiden Inselpolizisten, Hein war gerade von der Fähre zurückgekehrt, wollten kurz nach Hause, um etwas zu essen, bevor sie mit Petersen gemeinsam die Runde bei den Mitgliedern der Olufsen-Familie machten. Es könnte ein langer Abend werden, dachten sie und setzten Petersen und Sören vor einem nur wenige hundert Meter entfernten Café in Wittdün ab. Petersen orderte einen Cappuccino und ein Sandwich. Sören nahm ein Bier und einen Aquavit, leerte beides innerhalb von zwei Minuten und orderte das gleiche noch einmal.

„Wann hast du Lars zum letzten Mal gesehen?", wollte Petersen als erstes wissen. „War er irgendwie anders drauf als sonst?"

„Das war heute Mittag", antwortete Sören kläglich und fuhr sich mit der Hand fahrig durch seine aschblonden Locken. „Ich hab' ihn selbst zur Fähre gebracht, verdammte Scheiße. Er hat sich noch mal umgedreht, gewunken und ist dann gleich an Bord. Die Fähre war ja schon da. Scheiße nochmal. Das war's dann? Einfach so?"

Tränen schossen ihm in die Augen und Petersen schaute ihn mitfühlend an, während der Polizist in ihm versuchte, jede Nuance im Ausdruck seines Gegenübers darauf abzuklopfen, ob die Trauer echt war oder ihm vielleicht gar der Täter gegenübersaß. Die Statistik sagte klar, dass die nächsten Angehörigen weit häufiger als Täter von Kapitalverbrechen überführt werden konnten als Wildfremde. Naja, auf die kommt man ja auch viel leichter, weil man sie auf jeden Fall überprüft, relativierte Petersen diesen Statistikgedanken gleich wieder. Die Trauer von Sören sah jedenfalls verdammt echt aus.

„Nein, anders war Lars heute nicht, auch nicht in den letzten Tagen", ging Sören von sich aus zur zweiten Frage über. „Gut war er drauf, freute sich auf das Wochenende mit – wie hieß sie doch gleich... – Manuela, glaube ich. Marion? Ne, Mareike war's. Wir haben sie letzten Samstag im ‚Irrlicht' kennengelernt. Nachnamen weiß ich nicht. Hatte sie, glaube ich, auch nicht gesagt. Lars dürfte ihn wissen, er wollte ja zu ihr hinfahren, nach Hamburg. Er war richtig heiß auf sie, fand sie toll. Könnte sogar mal was Ernstes werden, hatte er noch gesagt, als ich ihn zur Fähre gebracht habe. Und jetzt das... Scheiße noch eins."

„Was hatte es mit dem benutzten Kondom im Mülleimer auf sich?", wollte Petersen wissen, der das mit der Verabredung mit Mareike und der Idee „was Ernstes" nicht ganz in Einklang bringen konnte.

„Ach das. Wir hatten am Donnerstag die Heike da, die macht's aber nicht ohne", erzählte Sören in aller Selbstverständlichkeit. „Heike bedient im Nordhüs in Norddorf, aber wenn sie mal klamm ist, kommt sie vorbei und bedient uns auch zuhause ein bisschen. Muss euch aber nicht interessieren. Sie ist über achtzehn."

„Wir? Uns? Das Kondom war aber von Lars?" Petersen war irritiert.

„Ja klar, WIR; da haben wir schon immer großzügig geteilt. Hat uns schon unser Vater...",

Sören brach ab und sein Gesichtsausdruck wechselte von redselig zu versteinert. „Mein Kondom hab' ich im Klo runtergespült. War ja die Bude von Lars. Das Ganze muss euch aber, wie gesagt, gar nicht interessieren. Sie ist alt genug."

Genauere Personenangaben als „Heike", „Nordhüs" und „wohnt irgendwo am Nei Stich" konnte oder wollte Sören denn auch nicht machen. Das Thema schien Petersen aber brisant. Es könnte etwas mit dem Fall zu tun haben, denn Sörens Ausdruck war jetzt irgendwie anders. Vielleicht war's aber auch nur die Erinnerung an den Tod des Vaters und der vermutliche Tod des Bruders. Er notierte sich innerlich, am nächsten Tag noch mal nachzuhaken und „Heike" auf jeden Fall zu befragen.

„Kannst du dir ein Motiv vorstellen, warum man Lars in die Luft gesprengt haben könnte? Hatte er Feinde?", fragte der Kommissar weiter.

„Feinde? Naja, wir haben 'ne Menge Kohle und daher auch 'ne Menge Neider – Lars genauso wie ich. Oder auch wie Sven, der vor einer Woche spurlos auf dem Meer verschwunden ist. Oder Karl vor drei Jahren. Hark, was ist hier nur los? Wer will uns da an den Kragen? Lars hatte natürlich auch immer mal Ärger mit irgendwelchen Typen, denen es nicht passt, dass er ihre Frauen anbaggert oder ins Bett abschleppt. Geht mir nicht anders. Da gab's schon mal Krawall, blaue Flecken und blutige Nasen – meist bei den anderen. Dann sind da auch immer irgendwelche Leute, die sich übers Ohr gehauen fühlen, wenn sie uns 'ne Immobilie verkauft haben und hinterher hören, was wir dann dafür bekommen haben. Hätten sie halt nicht verkauft oder es selbst so gemacht wie wir. Oder wenn einer 'nen Schwamm entdeckt in dem Haus, das wir ihm vor ein paar Monaten verkauft haben – hatten wir doch genauso wenig sehen können wie der. Aber dass deswegen einer den Lars in die Luft jagt? Ne, glaub ich nicht."

Ein Zusammenhang mit dem Verschwinden von Sven? Gemeinsame Feinde? Auch dazu wusste Sören nicht viel zu sagen. Aber ein Aufblitzen, das Petersen bei diesen Fragen in seinen Augen zu sehen glaubte, war anders als bei den Fragen davor.

„Wirklich nicht?", fragte Petersen daher noch einmal eindringlich nach.

„Nee wirklich nicht", lautete die Antwort und er schaute auch schon wieder so trüb wie vorher auf den Tisch.

Sören war inzwischen mit seinem dritten Bier und dritten Aquavit fertig und wurde allmählich faserig in seinen Erzählungen. Ob irgendwas davon in den letzten Monaten passiert war, vielleicht sogar etwas besonders Gravierendes, wollte Petersen wissen.

„Eher nicht", meinte Sören, „dies Jahr war eigentlich alles ganz friedlich. Man wird ja älter und ruhiger."

Und ob er noch irgendwas über diese Mareike sagen könne, wollte Petersen wissen, was dabei hilft, sie zu finden. Personenbeschreibung, andere Leute, mit denen sie zusammen war, oder hat sie erwähnt, wo sie auf Amrum oder in Hamburg wohnt und was sie beruflich macht? Reden müsse die Polizei ja auf jeden Fall noch mit ihr.

„Die Mareike dürfte so Anfang 40 sein", erinnerte sich Sören. „Aber echt toll in Schuss. Kastanienbraune, gewellte Haare, so bis kurz über die Schultern. Super Figur, schlank, tolle Beine, Brüste mittelgroß, kurzes rotes Kleid ohne Ärmel, High Heels, auf denen sie perfekt laufen und sogar tanzen kann. Klasse Frau. Gesicht? Hmh, weiß nicht so genau. Der Rest war interessanter! Sie war mit Iris da. Mit der habe ich es versucht, ist aber nicht so gut gelaufen wie bei Lars. Hat mich nach zwei Stunden Baggern und Getränkeausgeben stehen lassen und ist abgeschwirrt. Tja, schade, kann nicht immer klappen."

Über Iris konnte er dann aber auch nicht viel mehr berichten. Die Beschreibung ähnelte in etwa der von Mareike, nur dass Iris blond war und eine weiße Bluse zu einer Jeans trug.

„Klingt, als müssten wir da nach einer Nadel im Heuhaufen suchen", bedauerte Petersen. Er hatte sich deutlich mehr Information erhofft und wollte ungern schon für solch eine nebensächliche Befragung jede Menge Personal binden.

„Ja, Mist", räumte Sören ein und starrte an ihm vorbei durch die Scheibe des Cafés in die Ferne. „Nee, ich glaub`s nicht", sagte er dann und kam halb von seinem Stuhl hoch. „Wenn man vom Teufel spricht. Da vorne ist sie, geht gerade zur Buchhandlung rüber."

„Dann los!" Petersen hatte sich ebenfalls erhoben, warf schnell einen Zwanziger auf den Tisch und dann, vorsichtshalber, noch einen Zehner dazu, und stieß Sören vor sich her aus dem Café und über die Straße. „Schnell, zeig sie mir. Nicht, dass sie uns durch die Lappen geht und wir tagelang nach ihr suchen müssen."

Sie rannten über die Straße – im typischen Gewusel des Wittdüner Ortskerns fuhren die Autos zum Glück ausgesprochen langsam und vorsichtig. Man war es hier gewohnt, dass die vielen Fahrradfahrer und Fußgänger in Urlaubslaune die Welt um sich herum vergaßen und dann auch mal, wie Hark und Sören jetzt, ohne Rücksichtnahme über die Straße hechteten. Sie erreichten die blonde Frau, als sie gerade die Buchhandlung betreten wollte.

„Oh nee, du schon wieder, und schon wieder eine Fahne bis zum Abwinken", stöhnte die blonde Frau mit Blick auf Sören. Sie gab sich nicht die geringste Mühe, den Ekel auf ihrem Gesicht zu verbergen. Petersen wurde in Kollektivschuld gleich in diesen Blick mit einbezogen. „Lasst mal gut sein, mit uns wird das nichts", knurrte sie und drehte sich zum Gehen um.

„Einen Moment bitte", sagte Petersen im befehlenden Polizeiton, den er drauf haben konnte, wann immer es seiner bedurfte, und der auch jetzt seine Wirkung nicht verfehlte. Die Frau blieb wie angewurzelt stehen, offenkundig augenblicklich überzeugt, dass hier etwas anderes lief als sie dachte und dass es vielleicht keine gute Idee war, jetzt wegzurennen. Außerdem sah der andere ja eigentlich ganz nett und vernünftig aus.

„Hauptkommissar Hark Petersen, Polizeidirektion Nord, Mordkommission Husum", stellte er sich betont korrekt vor und hielt der überraschten Dame den Ausweis vor die Nase.

„Sind Sie die Iris, die der Sören Olufsen hier neben mir am letzten Samstag in der Dünen-Disco Nebel, pardon, heute heißt sie ja ‚Irrlicht', getroffen hat?"

„Ach, Sören Olufsen? Nicht Ralf Meyer?", grinste die Blondine schnippisch und von oben herab Sören an, was der wie ein ertappter Schuljunge mit leicht gesenktem Kopf und betretenem Blick auf Petersen quittierte. Und dann zu Petersen gewandt: „Ja ich heiße Iris. Iris Dombrowski." – Seitenblick auf Sören: „Ja, wirklich!" – „Aber sie sehen, Herr Kommissar, der Kerl lebt noch. Oder, falls er ein Zombie ist: Ich war's nicht."

Noch während sie dies sagte fiel ihr offenkundig auf, wie dämlich das war, und sie wurde etwas rot. „Pardon", sagte sie, „wie kann ich helfen?"

„Ich hätte da ein paar Fragen zu einer gewissen Mareike, mit der Sie zusammen auf der Party waren", antwortete Petersen, dessen Ton jetzt wieder zu „Liebenswürdigkeit in Person" gewechselt hatte. „Würden Sie bitte kurz mit mir rüber ins Café kommen, damit wir uns in Ruhe unterhalten können und ich mir ein paar Notizen machen kann?"

An Sören gewandt fügte er hinzu „An dich habe ich jetzt erst einmal keine Fragen mehr. Wir melden uns sofort, wenn wir Näheres wissen. Fahr am besten nach Hause und ruh dich aus."

13

Damit ließ er den etwas verdattert dreinblickenden Sören stehen und leitete Iris mit sanfter Berührung des Ellenbogens über die Straße, wobei er den Verkehr deutlich gesitteter berücksichtigte als auf dem Hinweg. Der Tisch stand noch so da, wie er ihn gerade verlassen hatte, auch das Geld lag noch darauf.

„Möchten Sie etwas trinken?", fragte Petersen freundlich und bestellte dann ein Wasser für Iris und einen weiteren Cappuccino für sich.

„Können Sie mir sagen, wie Mareike mit Nachnamen heißt?", legte er dann gleich los. „Und am besten auch noch, wo sie wohnt und wie wir sie erreichen können?"

„Leider nein, Herr Kommissar, kann ich nicht. Ich weiß eigentlich überhaupt gar nichts über sie."

Die beiden Frauen hatten sich erst einen Tag zuvor kennengelernt, in einem Café in Nebel, wo das Wetter es an diesem Tag erstmals zuließ, im Garten zu sitzen, wenn auch vorzugsweise mit einer Wolldecke über den Beinen. Sie waren einander gleich sympathisch, verabredeten sich für den nächsten Nachmittag wieder und beschlossen dann, Abends gemeinsam auf die Party zu gehen.

„Ich hatte mir das ganz anders vorgestellt", sagte Iris in bedauerndem Ton. „Ich hätte geschworen, Mareike steht auch auf Frauen. Da lieg ich eigentlich nie falsch. Aber auf der Party hat sie sich dann gleich von diesem Laffen anquatschen lassen – oder war's sogar umgekehrt? – und verschwand mit ihm auf der Tanzfläche und dann sonstwohin. Ich war abgemeldet und hab mit dem betrunkenen anderen Laffen von eben dagesessen. Hat mich vollgequatscht, tatschte mich ständig an. Hielt sich für den Schönsten und Charmantesten überhaupt. Darum bin ich ziemlich schnell abgehauen. Nach Hause. Mareike habe ich seither nicht mehr gesehen."

Dann wurde Iris urplötzlich leichenblass. „Oh Shit, nein, Sie sind von der Mordkommission! Mareike? Hat der Kerl sie umgebracht?"

Petersen beruhigte sie, dass davon absolut keine Rede sein könne und dass er sie lediglich in Bezug auf einen Mordfall etwas fragen müsse, weil Mareike sich mit dem Opfer für diesen Samstag verabredet hatte – bei sich in Hamburg, wie es hieß.

„Hamburg?", Iris wirkte etwas irritiert. „Ist irgendwie komisch. Wir haben nicht viel darüber geredet, was wir so machen oder wo wir wohnen. Hätte aber voll gedacht, dass sie aus München oder so ist. Ich bin selbst aus Hamburg und hab's erwähnt. Da hätte sie doch was gesagt. Außerdem hatte sie was Bayerisches in der Stimme."

Die Personenbeschreibung, die Iris von Mareike gab, stimmte weitgehend mit der von Sören überein, war allerdings um viele Details reicher: Nase, Ohren, Mund, die Augen- und Lippenstift-Farbe, der Nagellack. Es reichte bis hin zur Handtaschen-Marke und dem Parfum.

Ja, sie könne gegebenenfalls mit einem Phantomzeichner ein Bild erstellen, wenn es sein müsse. „Ich habe mir dieses schöne Gesicht sehr lange und sehr genau angeschaut", seufzte sie etwas sehnsüchtig.

Aber zum jetzigen Zeitpunkt wollte Petersen noch nicht mit Kanonen auf Spatzen schießen und für nur zwei/drei Fragen den Zeichner und dann die ganze Suchmaschinerie in Gang setzen. Er hoffte, im Laufe der Ermittlungen vielleicht doch noch anders auf Mareike zu stoßen. Er nahm die Daten von Iris auf – sie würde eine weitere Woche auf der Insel sein, bevor sie in ihre Wohnung in Hamburg zurückkehrte.

Diesmal orderte Petersen in Ruhe die Rechnung – Spesenbelege dürften später bei der Rechnungsstelle von Vorteil sein. Draußen fuhr gerade der Streifenwagen vor.

„Perfektes Timing", dachte er sich, hinterließ ein angemessenes Trinkgeld, dankte Iris, drückte ihr seine Visitenkarte in die Hand – „falls Ihnen noch etwas einfällt" – und ging zügig hinaus.

14

Die Kollegen hatten inzwischen nicht nur zu Abend gegessen, sondern auch die Standarduniform gegen ihre wohl normale, inselgängigere Arbeitskleidung getauscht: Dunkelblaue Hose, Lederjacke mit großem „Polizei"-Aufdruck, darunter eine Baumwolljacke mit Reißverschluss und schwarze T-Shirts mit hohem Kragenansatz. Überall auf der Kleidung waren große Taschen angebracht für das, was man im Dienst so braucht.

„Mit wem wollen wir anfangen?", fragte Tiano zum Rücksitz gewandt, auf dem Petersen gerade Platz genommen hatte, und fuhr ohne eine Antwort abzuwarten fort. „Ich habe alle Verwandten erreicht. Sie erwarten uns heute Abend. Entweder zuhause oder an ihren Arbeitsplätzen. Mara ist die Schwester von Lars und Sören. Sie hatte letzten Samstag die Bar im ´Irrlicht` gemacht, ist heute aber im ´Roten Hahn`. Das liegt ja praktisch auf dem Weg nach Nebel und jetzt, kurz vor 18 Uhr, müsste sie auch schon da sein. Peer und Gunnar wollen zusammen in ihrem Haus in Nebel auf uns warten, ihre Schwester Christine bedient den ganzen Abend im Restaurant ´Jacobs`. Die Eltern sind in beiden Familien schon länger tot. Ansonsten gibt's in der Verwandtschaft nur noch Clara. Aber die hat hier schon seit Monaten keiner mehr gesehen."

Petersen schaute irritiert und auch etwas enttäuscht. Was war mit Svenja? Und von einer „Clara" hatte er bei den Olufsens noch nie etwas gehört.

Über Svenja wusste da Silva seinerseits nichts. „Hab` ich nie kennengelernt; ist hier seit Jahrzehnten nicht mehr gemeldet", sagte er knapp.

Zu Clara wusste er mehr zu berichten: „Die ist so vor etwa zehn Jahren zum ersten Mal aufgetaucht, eine uneheliche Halbschwester der Lars-Seite der Olufsens. Von der hatte in der Familie bis dahin wohl keiner etwas gewusst. Ein Seitensprung ihres Vaters Karl in der Frühzeit seiner Ehe. Brach plötzlich über ihn und seine Familie herein, allerdings erst nach dem Tod seiner Frau. Hat ´ne Menge Wirbel gemacht; nicht gerade zurückhaltend, die Dame. Das war zwar alles kurz vor meinem Dienstantritt hier auf Amrum gewesen, aber meine Familie lebt ja hier. Außerdem habe ich Clara vor drei Jahren einige Male gesprochen, besser gesagt verhört, nachdem ihr Vater tot auf Föhr angespült worden war. Sie hatte, wie übrigens die Meisten hier, kein Alibi für die vermutete Todeszeit, aber eigentlich auch kein besonderes Motiv. Geerbt hat ja jedes der Kinder. Wir und deine Kollegen aus Husum haben das dann nicht mehr weiter verfolgt, weil Fremdeinwirkung zwar nicht auszuschließen, aber auch nicht nachzuweisen war. Er trug eine Schwimmweste; ertrunken war er nicht. Aber wenn ihn jemand über Bord geworfen und sich mit seinem Boot aus dem Staub gemacht hat, wäre er schon nach kurzer Zeit ganz von allein an Unterkühlung gestorben. Was will man da nachweisen? Jedenfalls hat niemand beobachtet, ob er allein oder mit anderen rausgefahren ist. Das Boot ist nie wieder irgendwo aufgetaucht und überhaupt hat keiner irgendetwas mitgekriegt."

Petersen erinnerte sich vage an diesen Fall vor drei Jahren, den aber ein Kollege auf dem Tisch hatte, weil er selbst gerade im Urlaub war. „Warum habt ihr diese Clara damals mehrmals verhört und nicht nur befragt?", wollte er von da Silva wissen. „Gab es eine Vermutung?"

„Eher so ein Bauchgefühl", antwortete Tiano. Sie schien irgendetwas mit Karl am Laufen zu haben. Hatte von ihm gleich nach ihrem unvermittelten Auftauchen eine Ferienwohnung geschenkt bekommen und wohl auch eine ganze Menge Geld – als Ausgleich für Jahrzehnte verleugneter Vaterschaft, wie es hieß. Mit seiner ehelichen Tochter Mara war er weit weniger großzügig. Die schlägt sich heute noch mit Gelegenheitsjobs durchs Leben. Komisch, eigentlich. Von Karl müsste sie ja das gleiche geerbt haben wie ihre Geschwister. Sie und ihre Cousine Christine sind aber die armen Kirchenmäuse in der Familie. Peer und Gunnar haben einen wohl ganz gut laufenden Fahrradverleih in Nebel und Sören, Lars und Sven sind steinreiche Immobilienhaie, die ihren Schwestern aber wohl nie einen Krümel haben zukommen lassen." „Familienbande", zischte er dann noch und zog die Worte dabei so auseinander, dass es wie „Familien? Bande!" klang.

Der Polizeiwagen hielt seit fünf Minuten am Straßenrand gegenüber dem „Roten Hahn", während Tiano seine Erzählung zu Ende brachte. Petersen hörte sehr interessiert zu. Hier taten sich viele Verbindungen auf, die auch mit den aktuellen Vorkommnissen zu tun haben könnten. Er selbst war in den letzten Jahren und Jahrzehnten zwar häufig auf Amrum gewesen, aber seine Tante Lizzy war nicht der Typ für Tratsch. Sie war ins Inselleben eingebunden, überall dabei, hörte immer zu, aber zerriss sich nie das Maul über andere. Er beschloss, sich möglichst bald ihre Eindrücke von der Familie Olufsen schildern zu lassen.

Sie stiegen zu Dritt aus dem Polizeiwagen und gingen rüber zu der Kneipe mit legendärer Spirituosen-Auswahl und dem leicht verruchten Ruf, den man bekam, wenn man auf Amrum bis tief in die Nacht hinein Alkohol ausschenkte. Petersen sah noch kurz auf sein Handy: 17:45 Uhr. Leif Hansen müsste jetzt bald die 18-Uhr-Fähre in Dagebüll besteigen. Er würde ihn nach dem Gespräch mit Mara anrufen um zu erfahren, ob die KTU schon Genaueres sagen konnte und ob die Befragung des Parkplatzpersonals und möglicher anderer Zeugen einen Hinweis ergeben hatten. Gravierendes war sicherlich noch nicht bekannt, denn sonst hätte Leif trotz Fahrerei und Packens seinerseits längst angerufen.

15

„Hier is noch zu!", klang es rau aus Richtung Theke, als die geballte Staatsmacht den „Roten Hahn" betrat. Zu sehen war niemand. „Moin, moin Moritz!", rief da Silva und dann mit breitem Grinsen „hier spricht die Polizei, kommen sie mit erhobener rechter Hand hinter dem Tresen hervor und reichen Sie sie uns".

Ein grinsendes rundes Gesicht tauchte im Halbdunkel der Kneipe auf, dann der dazugehörige, ebenfalls rundliche Körper, der in einem dunklen T-Shirt und dunkler Jeans steckte, darüber eine dunkelbraune Schürze, die sich über dem Bauch besorgniserregend spannte.

„Ach, der Sheriff", sagte das Gesicht, während sich der Körper dem polizeilichen Befehl folgend mit vorgestreckter Hand auf die Eintretenden zubewegte. „Mara hat euch angekündigt", sagte er, wobei er mit rechts die Hand von da Silva drückte, während die Linke ein paar Mal kräftig gegen den Oberarm von Hein schlug. „Gut, dass ihr jetzt schon kommt. Nachher haben wir hier viel zu tun. Saturday Night Fever."

Der Wirt hatte Petersen erst einmal nur ein kurzes Nicken gegönnt. Jetzt reichte er mit einem „ach, Mensch, Hark, gar nicht erkannt, lange nicht gesehen" auch ihm seine Pranke.

„Mara! Die Staatsgewalt ist da!", rief er nach hinten, und während sie auf die Gerufene warteten, hatte Petersen Zeit, sich umzusehen. Er war tatsächlich schon seit Jahren nicht mehr im „Roten Hahn" gewesen, dessen Name an Moritz` Vergangenheit bei der Berufsfeuerwehr in Hamburg erinnerte. Viel verändert hatte sich aber nicht. Jede Menge Deko füllte den Raum, unzählige Bilder hingen an den Wänden und viele Dutzend Flaschen waren in Griffweite hinter dem Tresen aufgereiht. Jeder Quadratzentimeter schien genutzt worden zu sein. Hier wurde immer noch getrunken und gefeiert, das war eindeutig. Jetzt aber herrschte noch Ruhe.

Mara kam aus Richtung Küche mit einem großen Behälter voller Eiswürfel. Sie bugsierte ihn ins Eisfach des Tresens, bevor sie mit traurig besorgtem Blick auf die Beamten zukam.

„Schreckliche Sache, das mit Lars", sagte sie. „Und das mit Sven. Habt ihr schon was rausgefunden? Was zum Teufel läuft hier ab?"

Petersen kannte die auffallend hübsche junge Frau mit den langen dunklen Haaren und dem ebenmäßigen Gesicht mit zierlicher Nase, großem Mund und großen Augen bislang nicht persönlich. 33 Jahre war sie alt, hatte er bereits den Akten entnommen. Bei zwölf Jahren Altersunterschied hatte er sie in seiner Jugend natürlich nie weiter beachtet, sie später höchstens mal im „Irrlicht" hinter der Bar gesehen. Ihre schlanken Beine steckten in einer eng anliegenden, ausgewaschenen Jeans und in ihrem dunkelgrauen Sweatshirt zeichneten sich große runde Brüste genau dort ab, wo rot mit weiß der Schriftzug „Amrum" aufgedruckt war.

Petersen stellte sich vor.

„Klar, Hark, hab' schon von dir gehört. Hohes Tier bei der Kripo auf dem Festland. Ich fürchte aber, ich werde dir nicht viel erzählen können."

„Schaun wir mal", grinste Petersen und nahm das legere „Du" als inseltypisch hin. „Fällt dir irgendwer ein, der etwas gegen deinen Bruder Lars und deinen Cousin Sven haben könnte, oder irgendetwas, was jemanden dazu bringen würde, Gewalt gegen sie anzuwenden?"

Mara sah ihn befremdet an. „Ich dachte, du kennst die beiden von früher", sagte sie. „Das sind zwei richtig abgefeimte Arschlöcher, miese Typen, üble Halunken. Richtige Verbrecher, wenn du mich so direkt fragst. Da fallen mir bei Lars jede Menge Frauen ein, die er nicht nur aufs Kreuz gelegt, sondern auch übers Ohr gehauen hat. Und deren Kerle natürlich. Sven hatte es mit den Frauen eher nicht so. Dafür war er bei seinen Immobiliengeschäften ein Raubfisch: hier auf Amrum, auf Föhr und vielleicht sogar schon auf dem Festland. Der hat alles geschluckt, was kleiner war als er. Den Größeren ist er geschickt ausgewichen oder am Hintern entlang und in ihn rein geschwommen. Lars hat da oft mit drin gesteckt, genau wie Sören. Was die Immobiliensachen anging, war Sven aber der Oberarsch von ihnen. Frag mich nun aber mal nichts Konkretes. So genau hab' ich das nie verstanden, auch wenn mir die Leute an der Bar oft die Ohren vollgeheult haben über meine miese Verwandtschaft. Also kurz gefasst: Ja, mir fallen jede Menge Frauen und Kunden ein, die da in den letzten Jahren flachgelegt wurden. Ich reich' euch morgen ′ne Liste rein. Aber nur, wenn ihr mir dann nicht wegen übler Nachrede dumm kommt."

„Und was ist mit der Familie?", hakte Petersen nach. „Hatte da jemand etwas gegen die zwei? Gab es Streit? Wer erbt ihr

Vermögen? Das ist, wie es ausschaut, ja wohl gar nicht so klein?"

Mara sah ihn nochmals befremdet an – oder eigentlich eher erstaunt, so als hätte sie über diesen Punkt tatsächlich noch nie nachgedacht. „Also, was mich betrifft hast du ja schon gehört, was ich von denen halte. Peer, Gunnar und Christine stehen zu unseren „schwarzen Haien" – „Schafe" kann man ja wohl kaum sagen – wohl auch nicht viel anders. Meine Neuschwester Clara hat wohl versucht, sich gut mit denen zu stellen. Wie deren Verhältnis aber in echt war, weiß ich nicht. Ich hab' mit Clara nicht so oft zu tun, sie ist viel auf dem Festland. Mit den Haien schon mal gar nicht. Man sieht sich, man grüßt sich, man wendet sich mit schaudern ab. Erben? Nach dem Tod von Karl habe ich jedenfalls keinen Cent gesehen, das haben sich die beiden oder vielleicht auch drei anderen alles unter den Nagel gerissen. Geld, um meinen Anteil vor Gericht einzuklagen, hab' ich ja nicht. Das wird diesmal wohl auch nicht anders laufen. Falls doch: Verheiratet sind sie alle nicht – dann wäre ich jetzt wohl 'ne gemachte Frau. Willst du mich gleich verhaften oder erst, wenn ich den Rest der Mischpoke beseitigt habe?"

Petersen musste grinsen, wie angeekelt sie das hebräische Wort für „Verwandtschaft" oder „Sippschaft" ausgespuckt hatte, das er in ihrem Sprachschatz eigentlich nicht erwartet hätte. Genau wie er darüber staunte, wie unbelastet sie sich hier belastete. Sie war geradeheraus, offen, ehrlich ... oder das genaue Gegenteil davon: eine raffinierte Täterin und gute Schauspielerin.

Alibi? Keines! Mit der Bombe hätte man eh noch nicht gewusst, welche Zeit da ein Alibi hätte geben können. Und den vergangenen Sonntag hatte sie zunächst bis Mittag im Bett verbracht, „allein!", und angesichts des schönen Wetters dann den Tag am Strand und in den Dünen verbracht.

„Gesehen? Klar haben mich Leute gesehen. Den Kerlen falle ich immer auf. Aber die mir nicht – und wie sollte man die auch finden. Also? Nehmt ihr mich gleich mit?"

„Ne, lass mal, das machen wir dann später", gab er lachend zurück, klärte noch kurz die Personalien und Erreichbarkeit ab und fragte dann die Kollegen „Seid ihr auch so weit?".

Die Inselpolizisten hatten sich aus dem Gespräch weitgehend herausgehalten. Hein saß mit am Tisch und machte Notizen, während Tiano mit Moritz an der Bar stand und versuchte, ihm den Inseltratsch zu den beiden Fällen möglichst konstruktiv aus der Nase zu ziehen. Über Lars war aber noch fast gar nichts hier angekommen. Der Kneipenbetrieb ging ja erst los. Sie brachen auf.

„Wann kriegen wir morgen die Liste?", rief Hein im Umdrehen Mara noch zu.

„Ist ein Uhr recht?", fragte die zurück. „Wenn's hier heute nicht so spät wird, geht vielleicht auf früher."

Statt einer Antwort hob er zustimmend den Daumen, grinste und rief ihr im Gehen noch ein „Und, Mara Olufsen, bitte verlassen Sie nicht die Stadt!" zu.

16

„Im Restaurant Jacobs dürfte um diese Zeit schon eine ganze Menge los sein", vermutete da Silva mit einem Blick auf die Uhr. „Fahren wir erst mal zu den Brüdern?"

Die anderen hatten keine Einwände. Um 18:30 Uhr hielt der Polizeiwagen vor dem auffallend kleinen und schmucklosen Haus der beiden am Strunwai in Nebel. In der Einfahrt stand ein roter Ford Fiesta, dessen Lack von sicherlich schon mehr als zehn Lebensjahren an der Seeluft stumpf und farblos wirkte. „Genau wie sein Besitzer", stellte Petersen gleich darauf fest.

Peer Olufsen führte die Beamten in seine überraschend geräumige Küche, wo er mit seinem Bruder gerade bei Tee und Keksen saß. Beide machten auf ihn einen freundlichen, aber auch etwas ungepflegten Eindruck. Zwei nette Kerle, für die das Leben nicht ganz so verlief, wie sie es sich erträumt hätten, die finanziell über die Runden kamen, aber auch nicht viel mehr. Im „Irrlicht" hatte er sie nie bewusst wahrgenommen. Beim Insellauf auch nicht. Wäre auch nicht wirklich zu erwarten gewesen, registrierte Petersen mit einem Blick auf die untrainierten Körper. Beide Brüder trugen gleichartige, nicht ganz saubere Jeans, aus denen die Hemden an ebenfalls fast gleicher Stelle herausgerutscht waren. Schwabbelige Bäuche, schwabbelige, weiche Gesichter – denkbar anders als ihr immer herausgeputzter, drahtiger Bruder Sven.

Den hatte Peer das letzte Mal vor gut zwei Wochen beim Einkauf in Wittdün kurz gesehen, Gunnar war Sven schon wesentlich länger nicht mehr über den Weg gelaufen. Über Sven, Sören und Lars hatten sie ungefähr dasselbe zu sagen wie Mara, während sie mit Mara und Christine, wie sie sagten, „gut klarkamen".

Clara? „Tolle Frau", waren sich beide einig. „Schade, dass sie so selten auf der Insel ist!"

Alibi? Ja, sie waren an dem Sonntag beide im Fahrradverleih gewesen, wie ab Saisonbeginn Ende März bis Saisonende Anfang November an jedem Tag des Jahres. Zeugen? Jede Menge. Gut 30 Fahrräder waren an diesem sonnigen Tag zwischen 10 und 18 Uhr ausgeliehen worden – für jeden Vorgang gab es den Namen, die Handynummer und die Adresse der Ausleihenden auf dem Mietvertrag. Das könne die Polizei gerne sehen und nachprüfen. Hein notierte es auf der To-do-Liste.

Dann fragte Petersen nach Svenja. Peer und Gunnar zuckten merklich zusammen. Ihre Augen wurden wässrig, Gunnars Stimme zitterte, als er antwortete. „Svenja, ja, das war so eine Sache. Die ist weg. Muss so was ´96 oder ´97 rum gewesen sein. Ich hatte damals gerade mein Abi vergeigt, Peer hatte das noch vor sich. Sven und Svenja waren schon mit dem Studium durch, hatten gerade ihren Abschluss gemacht oder waren dabei. Er in Hamburg, Betriebswirtschaft, sie in einer Außenstelle der Uni Mainz. Irgendwas mit Sprachen.

„Wir hätten als Kleine nie gedacht, dass die mal unterschiedliche Studienplätze wählen könnten. Aber dann war das

Jahr für Jahr weniger dicke Tinte zwischen denen geworden, und zu der Zeit war's dann gar nicht mehr doll. Svenja wollte – jetzt weiß ich wieder, '97 war's – nach den Ferien noch ein Semester in Spanien, ne, Italien dranhängen. Ist dann auch zurück aufs Festland. Wir haben danach nie wieder etwas von ihr gehört." Jetzt lief tatsächlich eine Träne aus Gunnars rechtem Auge die Wange hinunter.

Die Mutter war bei der Geburt ihrer Schwester Christine gestorben. Beziehungsweise kurz danach. Das war vor 29 Jahren gewesen. Der Vater kümmerte sich um die fünf Kinder so gut er konnte, bis er elf Jahre später einem bösartigen Tumor zum Opfer fiel. Christine kam zu Pflegeeltern auf Föhr, die anderen Kinder waren ja bereits volljährig. Geld gab's wenig zu erben, aber sie hatten das Haus und ein ordentliches Stück Land. Um das Verschwinden von Svenja hatte sich der Vater wegen seiner Krankheit schon nicht mehr groß kümmern können. Aber Sven machte sich auf die Suche nach seiner Schwester. Hat sie nie gefunden, sagte er. Die Uni konnte oder wollte nicht helfen, bei den Behörden in Italien biss er auf Granit. Von einer Polizeistelle zur nächsten wurde er dort geschickt, oft nach nervenzerreibendem, stundenlangem Warten, dem absolut nichts folgte als ein abweisendes „wir sind nicht zuständig". Das hatte er seinen Brüdern zumindest damals so erzählt. Aufgefallen war ihnen, wie wenig besorgt oder bekümmert er dabei zu sein schien.

Wie er damals nach Italien gekommen war? „Mit dem Auto: Ein schicker Volvo 850 Kombi. Hatte er gerade nagelneu gekauft."

Farbe? „Ja, dunkelgrün. Wie kommst du darauf?"

Petersen hatte mit steigender Aufmerksamkeit zugehört, während sich Hein auch hier unentwegt Notizen machte, aus denen er später einen Bericht für alle zusammenstellen würde. Svenja war also verschwunden. Offenbar auf mysteriöse Weise. Sehr vieles war in dieser Familie mysteriös und dubios, wie es schien.

„War denn damals keine Vermisstenanzeige gestellt worden?", wollte er von den Brüdern noch wissen. Die sahen einander überrascht an. Auf die Idee waren sie damals und offenkundig bis heute nie gekommen. Sven hatte sich ja gekümmert...

Petersen sah auf sein Handy: 19:25 Uhr. Höchste Zeit, kurz mit Leif zu telefonieren und ihn dann abzuholen, bevor sie zu Christine ins Jacobs fuhren. Die Frage nach den möglichen Erben, falls Sven nicht wieder auftauchen sollte, löste auch bei Peer und Gunnar spontanes Erstaunen aus. Sie hatten darüber offenkundig genauso wenig nachgedacht wie Mara.

„Na, ich weiß wirklich nicht, ob ich da was erben will", meinte Peer und schaute dabei Gunnar an, der leise dazu nickte. „Wer weiß, was da so alles dranhängt, an Legalem und Illegalem, an Soll und Haben. Naja, für den Porsche, den Maserati oder auch den Range Rover von Sven könnte ich mich schon erwärmen. Aber nee, das ist mir jetzt zu pietätlos, wo noch überhaupt nichts feststeht. Selbst bei einem Fiesling wie Sven."

17

Schon beim Verlassen des Hauses wählte Petersen die Nummer von Leif. Der ging nach dem ersten Freizeichen dran, hatte aber nicht viel zu berichten. Die KTU war noch bei der Untersuchung des Wagens, die Gerichtsmedizin bei der Untersuchung der Leiche sowie der DNA-Proben, die mit der Fähre inzwischen angekommen waren. Dem Parkplatz-Personal war nichts weiter aufgefallen. Lars Olufsens Wagen war am Freitag vor einer Woche dort abgestellt und seither nicht bewegt worden. Die Bombe wurde also vermutlich hier vor Ort eingebaut. Zeugen hatten sich nicht gemeldet. Videoaufnahmen gab es zwar, aber dort, wo der Mercedes gestanden hatte, war nichts Auffälliges auf ihnen zu sehen.

„Ach, wartet bitte noch einen Moment", sagte Petersen, bevor der Wagen losrollte. Ihm war noch etwas eingefallen, und während da Silva den Motor wieder ausstellte, sprang er aus dem Wagen, lief zurück zur Tür und klingelte.

„Entschuldigung noch mal; wir suchen da auch noch nach einem Feriengast. Mareike. Wird als Zeugin gebraucht. Hat sie sich zufällig bei euch ein Fahrrad geliehen?", fragte er Peer, der die Tür geöffnet hatte, und gab ihm die Beschreibung, die er von Iris erhalten hatte.

„Ja, klar erinnere ich mich. Ne wirklich hübsche Frau! Die muss das gewesen sein. Ganz sicher. Am Mittwoch oder Donnerstag bevor Sven verschwand. Hat es aber nicht zur Öffnungszeit zurückgebracht, sondern den Schlüssel in den Schlüsselkasten geworfen. Muss so am Montag oder Dienstag gewesen sein."

Ja, er könne gleich mit rumkommen zum Fahrradverleih und auf dem Quittungszettel nachsehen. Da steht in der Regel der volle Name, die Amrum-Adresse, die Heimatanschrift und die Handynummer drauf. Alles, was das Polizistenherz begehrt.

Sie fuhren das kurze Stück zusammen mit dem Polizeiwagen rüber, Peer schloss auf und hatte in weniger als einer Minute den passenden Zettel gefunden. „Da haben wir's. Mittwoch, 5. April, bis Montag, 10. April. 35 Euro. Mareike Müller, Uasterstigh 27 bei Familie Meyer. Heimatanschrift Max-Brauer-Allee 163 in Hamburg. Nee, Handynummer hat sie uns nicht aufgeschrieben. Is` ja nicht Pflicht."

Glück muss man haben! Der Zufallstreffer ersparte den beiden Polizeimeistern, die hier im Saisondienst arbeiteten, morgen jede Menge Lauferei und Herumgesuche nach einer „Mareike" bei den Fahrradverleihern der Insel und den Kurverwaltungen, bei denen möglicherweise noch gar nicht alle Meldescheine der letzten vierzehn Tage vorlagen.

Hein ließ sich den Mietvertrag fürs Fahrrad geben. „Wir schauen da später noch vorbei und fragen die Meyers, ob sie uns Näheres sagen können", meinte er, nachdem sie den Fahrradverleih verlassen hatten. „Und dann steht die Dame hoffentlich auch im Hamburger Telefonbuch. Aber erst holen wir jetzt mal deinen Adlatus von der Fähre ab und bringen euch zum Hotel. Wir haben ein Zimmer für ihn bei Jacobs gebucht. Dort arbeitet auch Christine Olufsen heute Abend. Und liegt auch am Uasterstigh. So treffen wir alle Fliegen mit einer Klatsche."

Auf dem Weg zurück zum Fähranleger Wittdün klingelte Petersens Handy. Leif! Na, hoffentlich sagte der jetzt nicht, dass sich die Fähre auf einer Sandbank festgefahren hatte.

„Die Fähre ist gleich da, aber ich dachte, du möchtest das sofort wissen", sagte Leif und schien aufgeregt. „Die KTU rief gerade an. Sie haben den Sprengsatz inzwischen analysiert. Alles selbstgebastelt, aber fachkundig. Gebaut für verheerende Wirkung vor allem nach oben auf den Fahrersitz. Soweit dachten wir uns das ja schon. Aber jetzt kommt's: Der Sprengsatz wurde mit einem Funksignal gezündet. Reichweite keine 200 Meter. Der Bombenbauer muss in der Nähe gewesen sein und beobachtet haben, wer in den Mercedes stieg. Die Kollegen aus Niebüll sind schon wieder auf dem Weg zum Inselparkplatz, um alle noch mal zu befragen. Viele Chancen bestehen da ja nicht mehr, gerade um diese Uhrzeit. Aber einen Versuch ist es wert." Leif hatte auch schon in seinen eigenen Erinnerungen gekramt, ob er bei ihrem Eintreffen nicht doch irgendwo irgendwen gesehen hatte. Petersen tat es ihm jetzt gleich.

18

Viele Fußgänger waren auf dieser letzten Fähre des Tages nicht mehr an Bord. Der Wind hatte aufgefrischt, die Sonne war hinter dem Horizont verschwunden. Es wurde unangenehm kühl am Kai. Leif Hansen kam sportlich-dynamisch mit einem Handgepäck-Köfferchen die Rampe herunter und kürzte den Weg von der ersten Etage aus über die Treppe ab. Kurze Begrüßung und Bekanntmachen mit den Insel-Kollegen, kurzer Informationsaustausch über die weiteren Pläne des Abends, dann setzte sich das Polizeiauto in Gang. Sie fuhren in der langsam einsetzenden Dämmerung zurück nach Nebel. Die beiden Festlandspolizisten wurden beim „Jacobs" abgesetzt, die Inselkollegen fuhren weiter zu den Meyers, Mareikes Vermietern.

„Bis morgen dann", sagte Tiano, „es sei denn, wir hören noch etwas Interessantes. Einsatzbesprechung morgen um acht bei uns in der Polizeistation?"

Petersen nickte, bedankte sich, grüßte zum Abschied mit der Hand. Jetzt hatte er auch Hunger. Es traf sich gut, dass die nächste Zeugenbefragung ohnehin in einem Restaurant stattfinden sollte – dann müsste er Tante Lizzy später nicht noch um etwas zu essen bitten.

Während Leif sein Gepäck aufs Zimmer brachte – der Tresen im Restaurant war hier gleichzeitig die Rezeption fürs Hotel – nutzte Petersen die Zeit, kurz bei Tante Lizzy anzurufen. Er sagte ihr, dass er wohl erst so zwischen 21 und 22 Uhr kommen würde. Nein, danke, gegessen würde er dann schon haben.

„Wenn's nach zehn wird, bin ich wohl schon im Bett", sagte Lizzy. Aber er solle einfach die Hintertür nehmen. „Ist offen. Ansonsten kennst du dich ja aus. Ich habe dir das Bett in deinem Zimmer bezogen. Sei leise, wenn du kannst, aber scher dich nicht drum, wenn du nicht kannst. Um sieben ist das Frühstück gemacht. Rührei, wie immer, nehme ich an?" Sie legte mit einem „Gute Nacht dann, mein Junge" auf, ohne eine Antwort abzuwarten.

Eine junge Kellnerin kam an seinen mit Tischsets gedeckten Tisch. Er erkannte sie sofort. Es war Christine Olufsen. Genau die Christine Olufsen, die er erst vor sehr kurzer Zeit bei dem Mordfall auf Föhr kennengelernt hatte. Die Bettgefährtin sowohl des Opfers als auch des Täters. Konnte das ein Zufall sein?

„So schnell trifft man sich wieder", sagte er.

„Ja, schrecklich", antwortete sie. Dann errötete sie leicht und fügte hinzu „Die Anlässe, natürlich. Nicht, dass wir uns jetzt schon wieder sehen!"

„Ich weiß nicht, ob ich dir viel weiterhelfen kann, will`s aber gerne versuchen", fuhr sie fort, ohne dabei sonderlich freundlich noch sonderlich abweisend zu wirken. „In etwa ´ner halben Stunde wird`s hier wohl ruhiger. Vorher wäre mein Chef ziemlich sauer. Möchtest du inzwischen was trinken oder essen?"

Wieder dieses vertraute Insel-Du, das hier alle ihm gegenüber drauf zu haben schienen und das in ihm irgendwie das Gefühl von „zuhause" noch verstärkte. Petersen bat um ein großes Pils. Mit der Essensbestellung würde er noch auf den Kollegen warten, aber doch gerne schon jetzt mal in die Karte schauen.

Sie nickte zustimmend und ging dann zum Nebentisch, um die leergegessenen Teller abzuräumen. „Hat's geschmeckt?", fragte sie das ältere Ehepaar. „Das freut mich! Darf's noch ein Dessert sein? Ja, gern, ich bringe Ihnen noch mal die Karte." Dann verschwand sie mit den Tellern in Richtung Küche.

„Entschuldigen Sie", kam es mit deutlich schwäbischer Tonfärbung vom Nebentisch. „Wir haben das gerade mitbekommen. Von der Kripo sind Sie und dienstlich hier, um die Kellnerin zu verhören? Was ist denn passiert?"

„Glaubt man das?", fragte sich Petersen verblüfft, entschloss sich aber spontan, zum Zeitvertreib darauf einzugehen.

„An der Odde hat jemand Möweneier aus einem Nest geklaut", antwortete er ohne aufzuschauen und ohne die Miene zu verziehen in breitem Hamburgisch. „Der Vogelwart hat Anzeige wegen Kindesentführung erstattet. Die Täterbeschreibung passt auf einige der Gäste hier. Wir nehmen so etwas sehr, sehr ernst hier in Nordfriesland."

Dann gingen wohl die aufkommende Müdigkeit und das langsame Abfallen der Anspannung endgültig mit ihm durch. Er schob die Lesebrille, die er um Studieren der Speisekarte aufgesetzt hatte, auf seiner Nase nach unten, schaute mit halb gesenktem Kopf darüber hinweg direkt in die Augen der Frau und fragte streng: „In der Tat: Die Beschreibung passt auch auf Sie beide. Wo waren Sie beide denn heute Morgen zwischen neun und zehn Uhr? Und gibt es jemanden, der das bezeugen kann?"

Die Frau wurde erst weiß, dann rot im Gesicht. Ihr Mann klappte den Mund auf und zu wie ein nach Luft schnappender Karpfen an Land. „Fräulein, die Rechnung bitte!", rief die Frau dann mit einem Mal, die rechte Hand wild in Richtung Tresen schwenkend.

Gerade da kam Leif an seinen Tisch, und er schenkte den beiden nebenan keine Beachtung mehr.

Die Restauranttür sprang auf und da Silva trat mit schweren Schritten ein. Er grüßte kurz zum Tresen rüber und setzte sich an ihren Tisch.

Vorgebeugt, um leise berichten zu können, ohne dass jemand an den Nebentischen etwas verstehen konnte erzählte er. „Wir waren gerade bei den Meyers. Nette Leute, wohnen tatsächlich Uasterstigh 27. Haben aber noch nie Zimmer vermietet und kennen auch keine Mareike Müller. Dann haben wir bei den Kollegen in Hamburg nachgefragt, weil im Telefonbuch ebenfalls nichts zu finden war. In der Max-Brauer-Allee 163 war noch nie jemand mit diesem Namen gemeldet gewesen. Reines Bürohaus. Ich dachte mir, das solltet ihr heute noch wissen. Wir fahren zu Peer und Gunnar und beschlagnahmen das Fahrrad und möglichst auch Schloss und Schlüssel. Wenn wir Glück haben, finden sich Fingerabdrücke." Er stand wieder auf, wünschte eine gute Nacht und war so schnell weg, wie er gekommen war.

„Irgendwie hab' ich mir doch gleich gedacht, dass wir uns um diese Mareike noch werden kümmern müssen", sagte Petersen mehr zu sich selbst als zu Leif und zog ernsthaft in Erwägung, Iris mit einem Phantombildzeichner der Polizei zusammenzubringen. „Aber nicht mehr heute", dachte er dann, als Christine sein Bier brachte und auch gleich eines für Leif dabei hatte. „Du magst bestimmt auch eins, oder?", sagte sie zu seinem Assistenten, der dankbar nickte.

Petersen orderte eine Scholle Finkenwerder Art, Leif, der noch gar nicht in die Karte geschaut hatte, fragte, ob er ein Steak haben könne und entschied sich auf Christines Nachfrage für Bratkartoffeln und Salat als Beilage. Petersen brachte Leif schnell auf den aktuellen Stand. Dann hingen die beiden Männer, jeder für sich, eine Weile lang schweigend ihren Gedanken nach, schlürften ihr Bier, und als das Essen kam, bestellte jeder noch ein weiteres Pils.

19

Das Essen war gut und ausgesprochen reichlich. Nachdem Christine ihre leergegessenen Teller abgeräumt hatte und der Wunsch nach Weiterem verneint worden war, setzte sie sich zu ihnen.

„Böse Sache, das mit Sven und Lars", sagte sie. „Auch wenn ich beide, zugegeben, nicht leiden konnte."

Petersen stellte die gleichen Fragen wie an die Geschwister und Verwandten und bekam mehr oder weniger die gleichen Antworten: Feinde? Viele! Charakter? Mies! Erbschaft? Noch nicht drüber nachgedacht.

Christine hatte mit ihrem ältesten Bruder wenig zu tun gehabt. Sie war drei oder vier Jahre alt, als Sven und Svenja aufs Festland zum Studieren gingen, und elf, als der Vater starb und sie in eine Pflegefamilie kam. Svenja war verschwunden und Sven hat sich nicht um sie gekümmert, bis sie volljährig war. Nicht mal einen Geburtstagsgruß hatte es je von ihm gegeben. Als sie volljährig war, ließ er sie dann ein paar Mal Dinge unterschreiben. Wegen der Erbschaft und so. Sie weigerte sich zuerst, weil sie gar nicht verstand, was da stand. „Da wurde er dann richtig aggressiv, hat gedroht und ich hatte echt Angst. Wenn's etwas zu erben gab, dann gehört es jetzt wohl ihm."

Petersen musterte die zierliche, ausgesprochen hübsche blonde Frau, die ihm da im Kellnerlivree gegenüber saß und sehr nachgiebig, freundlich und ausgesprochen friedlich wirkte. Er konnte sich gut vorstellen, wie wenig sie ihrem fünfzehn Jahre älteren, hochgewachsenen, aufbrausenden und eventuell kriminellen Bruder entgegenzusetzen hatte. Den bisherigen Schilderungen zufolge war Sven wohl vollkommen skrupellos.

Alibi? Den Sonntag hatte sie durchgehend mit ihrem neuen Freund zugebracht.

Ob der das bezeugen könne? „Das wird er ganz gewiss nicht vergessen haben", sagte sie, und als sie merkte, wie anzüglich das klang, wurde sie ein wenig rot.

Ob Sven oder Lars denn vielleicht auch Freunde hatten, wollte Petersen noch wissen.

„Weiß nicht, glaube nicht. So Kumpels von der Feuerwehr und so, das ja. Und geschäftlich. Aber dass die mit jemandem echt dicke waren? Kann ich mir nicht vorstellen. Nicht mal miteinander. Höchstens mit dem Herrn Bankier. Mit dem hat man sie schon häufiger mal gesehen. Markus oder so. Ja! Markus Baumgarten. Aber so richtig glücklich sah auch der eigentlich nicht aus, wenn er mit unserem Haifisch-Trio im Becken schwamm."

Wo der Bankier arbeitete, wusste Christine nicht so genau. Hatte ganz früher wohl mal eine Bankfiliale hier auf der Insel geleitet, dann die Zentrale auf Föhr und inzwischen war er wohl einer der großen Macker einer Bank auf dem Festland. Dazu könnten andere sicherlich mehr sagen als sie.

20

Müde und schwer vom Essen und vom Bier und von einem langen, bewegten Arbeitstag wollten die beiden Kriminalbeamten jetzt eigentlich nur noch ins Bett. Petersen bat um die Rechnung, bezahlte mit einem üblichen Trinkgeld – nicht zu hoch, das war nach einer Zeugenbefragung wichtig, und nicht zu niedrig, darauf legte er persönlichen Wert. Dann wünschte er Christine und Leif eine gute Nacht

Hark schlenderte zu Fuß die wenigen hundert Meter zum Reetdachhaus seiner Tante, vorbei an der hell angestrahlten Kirche. Der Regen hatte aufgehört und jetzt, wo der Wind sich gelegt hatte, war es eine überraschend milde Nacht.

Das Haus von Tante Lizzy war eines der letzten vor dem Ortsausgang an der alten Landstraße nach Norddorf. Hark ging am Haupteingang vorbei. Dessen Rankrosen-Einfassung wurde im Sommer von vielen Feriengästen und Nachbarn bewundert. Jetzt aber war sie zurückgeschnitten und noch vollständig kahl. Durch ein Tor neben dem Haus kam er in den riesigen Garten, von dem aus man einen weiten, unverbauten Blick über das Wattenmeer hatte. In der klaren Nacht sah er Föhrs Lichter blitzen.

Die Hintertür war, wie Lizzy gesagt hatte, nicht verschlossen. Er trat ein in die vertraute kleine Küche, in der seine Tante es rätselhafter Weise immer wieder schaffte, für zehn und mehr Leute ein mehrgängiges Menü zuzubereiten. Er zapfte sich ein großes Glas Wasser für die Nacht aus der Leitung, blickte kurz auf sein Handy: 22:10 Uhr, zog die Schuhe aus und schlich so leise er konnte rüber zu seinem winzigen, aber gemütlichen Zimmer.

Auf dem schmalen Bett lagen Boxershorts und ein T-Shirt für die Nacht, ein Handtuch, eine Zahnbürste und, er musste schmunzeln, ein Schoko-Bonbon, wie ihn seine Tante schon seit über vierzig Jahren immer, wenn er da war, zur Nacht auf sein Kopfkissen legte. Er genoss das Dessert. Dann ging er in Shorts und Shirt ins direkt nebenan gelegene Bad, wusch sich Gesicht und Hände, putzte trotz seiner Müdigkeit sorgfältig die Zähne, krabbelte kurz darauf hundemüde in sein Bett und lauschte noch eine Weile den Seevögeln, deren Rufe durch das geöffnete Fenster drangen. Bald fiel er in einen erholsamen Schlaf.

21

Sören Olufsen war wie immer früh aufgestanden. Das tat er auch am Sonntag. Er bürstete sein welliges, allmählich von erstem Grau durchdrungenes Haar, putzte die Zähne, zog seine Laufkleidung an und gönnte sich einen Espresso aus der Gastronomie-Maschine. Die hatte er im letzten Jahr einem finanzschwachen Italiener abgeknöpft, der ihm die Miete für sein Restaurant schuldig geblieben war. Ohne die Kaffeemaschine war der dann noch schneller und unwiderruflich in den Konkurs gerutscht. „Aber der Kaffee ist gut", freute sich Sören, bei der Erinnerung grinsend.

Duschen würde er nach dem Laufen. Pünktlich wie immer, um sieben Uhr dreißig, verließ er sein Haus am Miadwai in Norddorf, das vom Hang aus die vor ihm liegenden Weiden überblickte. Zwischen den Gräsern waren bereits Graugänse mit den ersten Küken des Jahres unterwegs. Schwarzbraune Rinder grasten friedlich im Morgennebel.

Es war fast windstill, als der Läufer in zügigem Tempo auf dem schmalen Asphaltweg an den Wiesen und Weiden vorbei in Richtung Odde preschte. Joggen? Nicht er. Er rannte! Und zwar immer schnell. So schnell wie im Wettkampf. Drei bis vier Mal pro Woche, je nach Wasserstand sieben bis neun Kilometer. Gegen acht Uhr wollte er bereits zurück sein und unter der Dusche stehen.

Sören folgte der Biegung der Asphaltstraße und überquerte den hohen, wenig attraktiven, aber augenscheinlich wehrhaften schwarzen Teerdeich, der Norddorf auf der Wattseite vor den manchmal bedrohlich tobenden Kräften der Nordsee schützte. Auf der unbefestigten anderen Seite des Deiches ging es weiter in Richtung Odde, vorbei am Fahrradständer-Areal und über den Bohlenweg bis zum Watt. Es war Ebbe, und das Meer hatte sich weit zurückgezogen. Sören konnte wählen, entweder über die glitschigen, bei Flut von Wasser überspülten Flächen zu laufen oder durch den weichen und teils hohen

Sand direkt am Dünenrand. Er entschied sich fürs Glitschige, auch wenn ihm die Füße immer mal wieder wegrutschten. Die Sandstrecke konnte er ja auch bei Hochwasser haben.

Der Läufer brachte die Wattseite zügig in Richtung Norden hinter sich und bog am Ende der Odde nach Westen zur Seeseite ab. Vor wenigen Jahren war hier, an der Nordspitze Amrums, eine Aussichtsplattform aus Holz errichtet worden. Anderthalb Meter hoch und mit einem Münzfernglas darauf, mit dem man sich den geradeaus liegenden Leuchtturm von Hörnum auf Sylt näher heranholen oder nach Osten auf die Strände von Föhr schauen konnte. In den letzten Monaten hatte der Wind den Sand drum herum aber so stark aufgetürmt, dass die Aussichtsplattform nun auf gleicher Höhe mit dem umgebenden Terrain lag und dadurch mit ihrem Fernrohr irgendwie deplatziert wirkte. Auch die Unmengen an kiesel- bis faustgroßen Steinen, die hier hergebracht worden waren, um die Inselspitze vor dem Abtrag bei Sturmfluten zu schützen, hatte der Sand überdeckt.

Sören rutschte bei jedem Laufschritt über den weichen Sand der neu entstandenen Düne zehn bis fünfzehn Zentimeter tief weg. „Gutes Training", dachte er sich dabei, entschied sich dann auf der Seeseite aber trotzdem dafür, direkt am Wassersaum entlang zu laufen. Der war jetzt, bei Ebbe, steinhart und erlaubte ein schnelleres Tempo als der weiche, nachgiebige Sand, der den Wassersaum bei Flut begrenzte. Er folgte dem Inselverlauf in Richtung Süden, zurück nach Norddorf, wo er auf Höhe des Fahrradständers wieder auf die Wattseite wechseln wollte.

Erste Sonnenstrahlen bahnten sich ihren Weg durch die tiefhängende Wolkendecke. Sie sprenkelten den jetzt bei Ebbe gut 300 Meter breiten Strand mit hellen Flecken. Weiter entfernt, Richtung Norddorf, war der riesige Traktor der Strandreinigung bei der Arbeit. Recht spät, wie es Sören schien. Aber es war ja Sonntag. Vielleicht deswegen.

Gute fünf Kilometer hatte er mittlerweile hinter sich und im Näherkommen konnte Sören erkennen, dass der Traktor gar kein Reinigungsgerät hinter sich her zog. Ein Strandkorb stand auf der Ladefläche. „Noch merkwürdiger als die späte Reinigungszeit", dachte er sich. Einen Strandkorb um diese Zeit so weit nach draußen zu bringen?

Der Wind rauschte leise, flache Wellen plätscherten an den Strand, von den Dünen herüber hallten die Rufe der Möwen, die dort ihre geschützten Brutplätze hatten. Sören liebte diese Momente, in denen die menschenleere Natur ihm allein gehörte und sein zügiges Tempo das Blut mit hohem Takt durch den Körper rauschen ließ. Nur der Traktor störte zunehmend den Zauber des Moments. Das Motorengeräusch wurde lauter, während der sich nähernde Traktor genau wie der Läufer dem Meeressaum folgte.

„Scheiße, so ein Arschloch", dachte Sören, als der Traktor selbst 150 Meter von ihm entfernt im Angesicht des Läufers noch nicht den eingeschlagenen Kurs korrigierte. Im Kopf ging er die möglichen Strandkorbvermieter durch, mit denen er da nachher mal ein ernstes Wort wechseln würde. Dann entschied er sich aber doch, selber die Richtung zu wechseln und etwas abseits des Wassers zu laufen. Der Traktor folgte seiner Bewegung.

„Na, hättest du auch eher machen können, Idiot", fluchte der Läufer und schwenkte zum Meer zurück.

Wieder folgte der Fahrer seiner Bewegung und blieb damit auf Kollisionskurs.

Sören wurde langsamer. Ihm dämmerte, was hier ablief. Lars und Sven schossen ihm in den Sinn, und er sah sich plötzlich in einer Reihe von tödlichen Ereignissen als die potenzielle Nummer drei. Blitzschnell ging er seine Chancen durch. Gute dreihundert Meter durch weichen Sand waren es bis zum Dünenrand, über den hinaus der Traktor ihm nur schwerlich würde folgen können. Mindestens hundert Meter wären es an dieser Stelle im Meer, bevor es für das Fahrzeug zu tief wurde. Sören entschied sich für den Dünenrand. Im Meer könnte er unterkühlt sein, bevor er bevölkerte Regionen erreichen würde. Er wollte rennen, bis der Traktor zu nah herankam, ihm dann wie ein Torero die Stirn bieten, im letzten Moment ausweichen. Bis der Fahrer gewendet hätte und wieder auf Kurs war, würde er erneut ein gutes Stück laufen können. Wenn er beim Wenden stark abbremste, würde sich dabei vielleicht sogar die Chance ergeben, auf die Fahrerkabine zu springen und dem Kerl die Schnauze zu polieren.

Der Traktor war jetzt noch etwa 30 Meter entfernt, da machte Sören eine abrupte 90-Grad-Wendung hin zum Dünenrand. Der Schweiß vom Laufen mischte sich mit Angstschweiß, drang aus allen Poren, lief ihm in die Augen und störte seine Sicht. Aber das Adrenalin gab ihm übernatürliche Kräfte und als trainierter Läufer war er nach den zurückliegenden fünf Kilometern nicht erschöpft, sondern optimal aufgewärmt.

Abzuhängen war der Traktor nicht, die riesigen Maschinen schafften locker 50 Sachen. Aber zwischen den Ausweichmanövern würde er mit Glück eine gute Strecke hinter sich bringen.

Der Fahrer war sofort auf seine Fluchtrichtung eingeschwenkt und jetzt kaum noch zehn Meter von ihm entfernt. Sören bremste abrupt, ließ den Kühler bis auf wenige Meter an sich herankommen, machte einen Hechtsprung nach links, rollte sich im weichen Sand ab und kam sofort wieder auf die Beine. Fast hätte ihn das kleinere Vorderrad gestreift. „Beim nächsten Mal etwas früher abspringen", vermerkte Sören, während der Traktor zunächst ungebremst an ihm vorbeischoss. Er folgte dessen Fahrt in Richtung Dünenrand – „schon mal zehn Meter gewonnen" – und behielt seine Richtung bei, während das Fahrzeug in großem Bogen wendete. „Noch mal dreißig Meter." Dann kam wieder der Moment zum Abbremsen und Springen. Doch diesmal hatte der Fahrer den Plan bereits begriffen und steuerte nach links, kurz bevor Sören sprang. Der hechtete aber nach rechts. „Noch mal zehn und noch mal dreißig Meter." Das dritte Mal würde zum Pokerspiel werden, das war Sören klar. Der Dünenrand war immer noch 200 Meter entfernt.

„Scheiße, konnte nicht irgendeine frühe Vogelkundler-Truppe den Angreifer verscheuchen?"

Der mörderische Klang des auf Hochtouren laufenden Motors und ein penetranter Dieselgestank füllten die Luft, als der Traktor zum dritten Angriff auf ihn zusteuerte. Diesmal ließ Sören ihn wieder ein Stück näher herankommen, um zu sehen, wohin er ausweichen würde. Der Fahrer riss das Steuer in einer harten Bewegung erneut nach links, Sören hechtete nach rechts, der Traktor schlingerte in einer scharfen Kurvenbewegung und der Strandkorb rutschte, der Fliehkraft folgend, von der Ladefläche herunter. Er flog, sich überschlagend, auf den Läufer zu, der seine Rolle durch den Sand nicht mehr rechtzeitig beenden konnte. Das 100 Kilo schwere Touristenmöbel landete mit der harten Holzkante auf seinem Unterschenkel, das knarzende Brechen des Schienbeins ging in den Umgebungsgeräuschen unter, aber Sören hörte es physisch. Ein heftiger Schmerz stach durch sein Bein und wie eine Welle den ganzen Körper hoch bis zum Kopf, wo er sich in einem ungeheuren Schrei durch den Mund entlud. Dann wurde der Schmerz von Todesangst und Adrenalin verdrängt. Sören versuchte aufzuspringen. Keine Chance! Das Bein gab nach. Wie bei einem Bauchklatscher vom Beckenrand landete er mit der vollen Länge seines Körpers und dem Gesicht im Sand. Er versuchte es erneut und ein drittes Mal. Jetzt kehrte auch der unerträgliche Schmerz im Bein zurück. Sören rollte sich auf die Seite, kam mit er Schulter hoch und blickte mit bis zur Unkenntlichkeit verzerrtem Gesicht zum Traktor, der in zehn Meter Entfernung auf ihn gerichtet zum Stillstand gekommen war.

„Was willst du von mir, du Arsch!", brüllte er in Richtung der dunklen Gestalt, die da in einen Parker gekleidet mit tief ins Gesicht gezogener Kapuze im Führerhaus saß.

Die Gestalt schob die Kapuze zurück, nahm die große Sonnenbrille ab, die weite Teile des Gesichts verdeckt hatte. Der eiskalte Hass in den Augen seines Gegenübers ließ die Hoffnung auf ein positives Ende, die beim Stoppen des Traktors in Sören aufgekommen war, sofort wieder ersticken. Ungläubig starrte er in das Gesicht.

„Du?", fragte er. „Was willst du von mir? Was zum Teufel habe ich dir denn getan?"

Die Gestalt blieb stumm. Sie setzte die Sonnenbrille wieder auf, zog die Kapuze über das Haar und fuhr erneut an. Sekunden später schob der Vorderreifen ganz langsam die Beine des am Boden Liegenden auseinander, glitt über Unterleib, Bauch und Brust und war bereits bei seinem Kopf angekommen, als das tiefe Profil des anderthalb Meter hohen Hinterreifens den Körper erreichte und ihn in den nachgebenden Untergrund hinein zerquetschte.

Der Traktor wendete noch mehrmals und fuhr jedes Mal in einer anderen Richtung über den nun leblosen, in den Sand eingesackten Körper. Dann zog er noch einmal in einer großen Kurve um ihn herum und hielt. Ein zerbeulter, grüner Autokotflügel wurde aus der Fahrerkabine gezerrt und über den vollständig entstellten Kopf drapiert. Kapuze und Sonnenbrille verbargen nur zum Teil das teuflische, zufriedene Grinsen. Dann steuerte der Traktor mit hoher Geschwindigkeit in Richtung Dünenübergang.

22

Hark saß im Schlauchboot, und ein alter, verrosteter Volvo kam unter vollen Segeln auf ihn zugerast. Verzweifelt versuchte er, aus dem Weg zu paddeln, doch es ging keinen Meter voran. Immer näher kam der grimmig dreinblickende Kühler, dessen Gesichtszüge sich in die von Sven Olufsen verwandelt hatten. Der Segelmast war zur Haifischflosse geworden.

Petersen zog die Harpune aus seinem Schulterhalfter, doch der Olufsen-Volvo schoss an ihm vorbei und verbiss sich in den wild dagegen haltenden Mercedes mit dem Gesicht von Lars Olufsen.

„Worum geht es hier eigentlich?", fragte er die vierzehnjährige Svenja, die auf dem Parkplatz neben ihm stand und, wie er, das Schauspiel beobachtete.

Sie blickte ihn, leichenblass, aus toten Augen an. Dann verwandelte sie sich in... er konnte es nicht genau erkennen, nicht festhalten. Es war die Täterin, der Täter, die Tat. Und sie war von weit, weit her aus der Vergangenheit gekommen.

Der Kommissar erwachte, ohne dass der Wecker geklingelt hätte, exakt um sechs Uhr morgens. Er hatte das hilfreiche Talent, genau zu der Zeit aufzuwachen, die er sich vor dem Einschlafen vorgenommen hatte. Zum Ritual gehörte aber auch, dass er den Wecker in seinem Smartphone auf fünf Minuten nach der gewünschten Aufwachzeit stellte. So wurde die Ruhe nicht durch die Unsicherheit gestört, vielleicht doch zu verschlafen.

Während er, noch etwas benommen von der Nacht, ins Bad schlurfte, wirkten die Szenen seines letzten Traums in ihm nach. Sven als Haifisch, der mit Lars kämpfte, eine tote Svenja und ein langer Schatten aus der Vergangenheit waren ihm im Gedächtnis geblieben, aber die genaue Erinnerung an den Traum ließ schnell nach. Der verschwundene Sven als Täter, anstatt als weiteres Opfer? Eine tote Svenja? Was hatte sein Unterbewusstsein ihm da sagen wollen? Er ging unter die Dusche und wusch die letzten Reste des verrückten Traumes ab.

Kaffeeduft schlug ihm verlockend entgegen, als er aus dem Bad in Esszimmer trat. In der Küche summte Tante Lizzy vor sich hin, während sie gerührte Eier auf den in der Pfanne brutzelnden Speck goss.

„Guten Morgen, Tante Lizzy", grüßte er und gab ihr von der Seite einen Kuss auf die Wange.

„Guten Morgen mein Junge", kam es fröhlich zurück.

„Frühstück ist gleich fertig. Hast du gut geschlafen? Nimm dir doch schon mal Kaffee."

Der Tisch im Esszimmer war reich gedeckt. Frische Brötchen vom Bäcker, Aufschnitt, selbstgekochte Marmelade, Rührei mit Speck... Tante Lizzy hatte, wie immer, aufgetischt, als gelte es, eine ganze Armee zu versorgen.

Gut gehe es ihr, antwortete sie auf Harks Frage, und sie habe natürlich immer noch kein Stück Langeweile, obwohl sie nun schon seit gut zwei Jahren nur noch in Teilzeit arbeitete. Wenn man es denn überhaupt „Teilzeit" und „Arbeit" nennen konnte. Ihre Aufgaben im Naturschutz waren für die studierte Biologin und Vogelkundlerin nicht nur Broterwerb sondern Passion. Und dass sie mit 63 auf Altersteilzeit gegangen war, diente lediglich dazu, die Verpflichtungen zu reduzieren und damit weniger Zeit am Schreibtisch und mehr Stunden mit dem Fernglas in den Dünen und am Meer zu verbringen.

„Schlimme Sache, das mit dem Lars", sagte Tante Lizzy dann unvermittelt. „Wisst ihr schon, worum es da geht? Ein Unfall war das doch sicherlich nicht."

„Nein, kein Unfall", antwortete Hark, der mit seiner Tante immer ganz offen über alles, ja wirklich alles, sprach und sich auch in Bezug auf Polizeiarbeit hundertprozentig auf ihre Verschwiegenheit verlassen konnte. „Weißt du was über die Olufsens? Ich hatte ja seit der Sache damals mit Svenja fast keinen Kontakt mehr. Was haben die so getrieben? Was hört man über sie? Vor über allem Sven und Lars? Und weißt du was von Svenja?"

Lizzy war die Diskretion in Person. Sie tratschte nie. Trotzdem wusste sie fast alles, was auf der Insel passierte oder geredet wurde.

„Dein Erlebnis mit Sven und Svenja damals beim Feuer war nur der Auftakt gewesen", schilderte sie. „Sven hat sich danach auf jeden gestürzt, der sich Svenja näherte. Völlig neben der Spur! Nachdem er drei oder vier Jungen windelweich geprügelt hatte, machten alle anderen einen Bogen um seine

Schwester. Die war sehr unglücklich damit, konnte gegen ihren Bruder aber nichts ausrichten. Doch sie ging immer mehr auf Abstand zu ihm, studierte woanders als er und setzte sich nach dem Uniabschluss ab, ohne eine Nachricht zu hinterlassen. Sven hat hier damals Himmel und Hölle in Bewegung gesetzt und jeden auf der Insel ausgequetscht, ob er weiß, wo Svenja ist. Irgendwann hatte er wohl eine Spur und ist mit ein paar anderen Kerlen los. Lars und Sören waren dabei und deren Vater wohl auch. Ach ja, und dieser Banker Baumgarten. Nach Italien, hieß es damals. Und dass das wohl eher nach einem Hooligan-Ausflug aussah als nach einem Suchtrupp. Zurück kamen sie dann alle im Auto von Karl Olufsen. Sein eigenes Auto hatte Sven wohl zu Schrott gefahren, oder es war geklaut worden oder so."

„Waren die Olufsens davor und danach immer auf der Insel gewesen?", wollte Hark wissen. „Was haben sie hier so gemacht?"

„Nach dem Studium sind sie alle gleich hierher zurück", meinte Lizzy. „Sven hatte ja davor schon seine Nase in Immobiliengeschäfte gesteckt und war dabei sehr erfolgreich. Hat viel mit Sören und Lars zusammen gemacht, aber keine gemeinsame Firma. Die halbe Insel gehört ihnen noch nicht, auch wenn das immer mal so dahergesagt wird. Aber sie sind ganz sicher auf dem Weg dahin."

„War das immer alles legal, was die gemacht haben? Weiß man etwas darüber?"

„Es gab eine Menge Anklagen und Prozesse. Am meisten wohl wegen Körperverletzung. Außerdem Nötigung und Betrug und Knebelverträge, bei denen die Rechtsgrundlage zweifelhaft war. Bei Lars und Sören kamen noch einige Anklagen wegen sexueller Nötigung hinzu. Da waren sie ganz wie ihr Vater. Aber es blieb immer bei Geld- oder Bewährungsstrafen. Oft wurden die Verfahren auch eingestellt, weil Anzeigen zurückgezogen wurden oder Zeugen sich plötzlich doch nicht mehr erinnern konnten. Aber trotz ihrer miesen Art sind sie gut auf der Insel vernetzt. Mit Macht und Geld ließ sich ja schon immer eine Menge ausrichten."

„Und die anderen Olufsens: Mara, Christine, Peer und Gunnar?", wollte Hark wissen. „Und dann gibt es da noch eine Clara, von der ich bisher nie gehört hatte?"

„Die sind alle sehr nett und in Ordnung. Grüßen immer freundlich – naja, bis auf die Clara. Die tut noch immer ganz fremd mit uns Einheimischen und hat auch nicht den besten Ruf. Sie ist Schauspielerin, bekommt aber wohl immer nur Nebenrollen. Aber eigentlich weiß man nichts über sie, und so oft ist sie auch gar nicht auf der Insel. Tauchte irgendwann hier als uneheliches Kind von Karl auf, machte eine Menge Wirbel in der Olufsen-Familie und kam auch mit deren schlimmsten Vertretern zurecht. Sie scheint viel Durchsetzungskraft zu haben und kuscht weder vor ihren Halbbrüdern noch vor Sven. Im Moment ist sie irgendwo in Süddeutschland unterwegs, heißt es."

„Immobilienhandel an sich ist ja nichts Kriminelles. Was soll da bei den Olufsens nicht okay gewesen sein?", wollte Hark von seiner Tante wissen.

„Da war viel Erpressung und Nötigung im Spiel, denke ich", antwortete sie. „Ich hatte auch selbst schon mal solch ein Vergnügen mit Sven. Das muss gut 20 Jahre oder länger her sein. Ja, stimmt, frühe Neunziger: Ihr wart zu meinem Geburtstag dagewesen, da war Max um die zwei Jahre alt und Freddy mit Beckie schwanger. Ihr wart gerade wieder abgereist, da stand Sven vor der Tür. Mit 'nem riesigen Blumenstrauß. Wollte mir gratulieren, behauptete er. War natürlich Quatsch, hatte er ja noch nie gemacht. Aber einen Kaffee musste ich ihm natürlich trotzdem anbieten und dann kam er auch gleich zur Sache. Meine drei Weiden am Südrand von Nebel hatte er kaufen wollen. Die, die ich an Marten verpachtet hab. Die seien für mich bei dem bisschen Pacht doch eh wertlos, meinte er. Ein paar Tausend Mark könnte er mir dafür schon geben. Auf mein 'Nein' hin wurde er sofort ausfallend, hat mich beschimpft, rumgeschrien, weigerte sich zu gehen, bevor ich nicht den Vertrag unterschrieben hätte. Den hatte er natürlich schon fertig dabei. Ich musste erst nachdrücklich streng werden, habe seinen Blumenstrauß auf die Straße geworfen und mit der Polizei gedroht. Dann ist er endlich verschwunden, und selbst beim Rückzug hat er noch wüst geschimpft."

Tante Lizzy lächelte leicht bei dieser Erinnerung, doch das Lächeln verschwand gleich wieder von ihrem Gesicht. „Zwei Tage später klopfte Sven wieder an. Diesmal hatte er keine Blumen dabei, sondern Ginger – du weißt, Hark, meinen ingwerfarbenen Kater. Tot! ´Den habe ich hinten auf der Südweide gefunden`, sagte er zu mir. ´Ist doch Deiner?` Drückte ihn mir in die Arme und ging. Der Kater war eindeutig vergiftet – ganz klar eine Drohung gegen mich. Zwei Tage später lag dann auch Charly vor der Tür. Das gleiche Gift: Ich habe beide hier in der Naturstation obduziert. Sven rief am gleichen Abend an, ob ich es mir denn schon anders überlegt hätte. Ich drohte ihm mit der Polizei. Er lachte nur. Am nächsten Tag starb Halvar, unserer schwarzer Isländer, an Koliken. Beweise? Natürlich keine! Da kann keine Polizei helfen. Das weißt du ja selbst, Hark. Und Sven weiß das auch. Ich habe das also auf meine Art geregelt. Aber viele andere haben ihm und seinen Methoden wohl nachgeben müssen."

„Deine Art?" Hark sah Lizzy fragend und neugierig an.

Die grinste bitter: „Als er am nächsten Morgen aufwachte, klebte auf der Wasserflasche neben seinem Bett ein ‚Bio-Hazard'-Aufkleber mit einem Totenkopf. Danach hat keines meiner Tiere mehr einen ungewöhnlichen Tod erlitten. Und er hat auch nie wieder angerufen. Aber immer betont freundlich gegrüßt und dann meist schnell das Weite gesucht, wenn wir uns im Supermarkt oder bei einer Veranstaltung getroffen haben."

Hark blickte nur mäßig überrascht auf seine auch heute, über 20 Jahre später, noch außergewöhnlich sportliche, drahtige und nervenstarke Tante. So eine Aktion war ausgesprochen typisch für sie. Das hatte er auch immer mal wieder selbst miterlebt.

„Jetzt muss ich dich natürlich ernsthaft fragen", sagte er lachend: „Wo warst du am letzten Sonntag ab 10 Uhr, und fährst du einen dunkelgrünen Volvo 850?"

„Zum Ersten: In der Kirche natürlich", lachte sie zurück. „Danach mit den Hansens zum Kniepsand. Bis zum Nachmittag. So einen warmen und sonnigen 9. April hatte es hier ja wohl noch nie gegeben. Aber komm mir jetzt nicht mit Automarken. Du weißt, dafür interessiere ich mich nicht. Meinen alten Fiat Panda kennst du ja."

Das Handy klingelte. Es war Leif. Hark entschuldigte sich mit einem Blick und nahm ab. „Petersen!" „Ja Leif, danke, ja, gut geschlafen und ausgeruht. Was gibt's?" „Unglaublich! Schon Einzelheiten über die Automarke?" „Ja, klar, wäre auch noch sehr früh." Er sah auf seine Armbanduhr. „Wir sehen uns in einer halben Stunde auf der Polizeistation. Schau doch mal, ob du nicht vorher schon jemanden bei der Fährgesellschaft erreichst. Ich hab' da so eine Ahnung: Wir brauchen alle älteren Volvo-Modelle, die in den letzten drei Monaten nach Amrum gekommen sind; nein, warte, mach' zwölf Monate draus. Und kümmere dich um die richterliche Anordnung dafür."

Der Volvo schien zum bedeutungsvollen Mosaikstein in diesem Fall zu werden. Gerichtsmedizin und Spurensuche hatten offenkundig die Nacht über durchgearbeitet: Die Bombe selbst war nicht sehr groß gewesen und tatsächlich direkt unter dem Fahrersitz angebracht worden. Sie steckte in einer schmalen Stahlröhre mit zentimeterdicker Wand. Darunter eine Stahlplatte, die den meisten Druck nach oben leitete und so die zu Schrapnell geschnittenen Blechteile über ihr mit all ihrer Sprengkraft in den Körper auf dem Sitz trieb. Solche Splitter fanden sich bis in den Magen und die Lunge des Opfers Lars Olufsen hinein, dessen Identität die DNA-Probe nun belegt hatte. Es waren dem Anschein nach Blechteile eines Autos gewesen. Dunkelgrün. Eine geringe Menge Brandbeschleuniger war außen um die Metallröhre herum angebracht und sollte den tödlichen Plan wohl vollenden, hätte die Detonation selbst ihre Wirkung verfehlt. Insgesamt aber schien der Mörder darauf bedacht gewesen zu sein, dass seine Bombe allein das ausgesuchte Opfer tötete. Das hatte ja auch die Zündung per Funk bereits nahe gelegt.

„Ich muss gleich los. Kann ich eines der Gästefahrräder nehmen?", fragte Hark seine Tante. Er nahm noch einen letzten Schluck Kaffee, küsste Lizzy herzlich auf beide Wangen, griff nach Sakko und Regenjacke und holte sich eines der Räder aus dem Fahrradschuppen hinter dem Haus.

23

Der Weg war nicht weit, und nach über einhundert Amrum-Besuchen hätte er ihn sicherlich auch im Tiefschlaf gefunden. Mit kräftigem Tritt steuerte Petersen geradeaus den Waasterstigh hinauf, vorbei am Bäcker. Der würde heute, am Sonntag, erst um acht Uhr öffnen, nicht, wie sonst, schon um sechs. Zwei Feriengäste rüttelten ungläubig an der Tür.

„Woher hatte Tante Lizzy nur die frischen Brötchen?", fragte er sich.

Am Ende des Waasterstigh bog er nach rechts auf den Strunwai ab, der die Hauptverkehrsader der Insel schon seit Jahrzehnten um den Ortskern von Nebel herum führte. Vorbei an der Post, die jetzt gleichzeitig exquisite Weinhandlung und Andenkenladen war, aber in der Vorsaison sonntags und um diese Uhrzeit ohnehin geschlossen hatte. Dann nach links in den Sanghughwai, und schon hatte er die versteckt zwischen Bäumen in einem ehemaligen Einfamilienhaus untergebrachte Polizeistation erreicht. Nicht einmal fünf Minuten hatte er für den Weg gebraucht, als er sein Fahrrad in den Ständer neben vier andere schob, die hier abgestellt waren.

Es war noch eine Viertelstunde vor der verabredeten Zeit,

aber als er die Wache betrat, kam ihm bereits intensiver Kaffeeduft entgegen. Alle vier Inselpolizisten saßen oder standen mit ihren Kaffeebechern um einen großen Tisch herum, auf dem sie eine Karte mit den Inseln und Halligen des nordfriesischen Wattenmeeres ausgebreitet hatten.

Tiano begrüßte ihn mit einem herzlichen „Moin, Hark!" und stellte ihn den beiden Polizeimeistern vor, die die Amrumer Stammbelegschaft in dieser Saison unterstützten. Marie Krawinkel und Björn Niemann. Die beiden jungen Kollegen hatten ihre Ausbildung gerade erst abgeschlossen, waren seit zwei Monaten auf der Insel und machten auf Petersen einen aufgeweckten, engagierten Eindruck. Gut! Es würde für die kleine Soko heute eine riesige Menge Arbeit zu bewältigen geben.

Petersen berichtete kurz, was er an diesem Morgen erfahren hatte, und Tiano, dass sie am Vorabend noch das von Mareike ausgeliehene Fahrrad beschlagnahmt hatten. Viel Hoffnung gab es allerdings nicht, daran noch einen Fingerabdruck oder eine DNA-Spur zu entdecken. Es war nach der Rückgabe sofort geputzt worden. Aber immerhin: Bislang war es noch nicht wieder ausgeliehen worden.

Die Polizisten machten sich an die Aufgabenverteilung. Petersen wollte als erstes die Wohnung des Mordopfers Lars Olufsen nach Spuren, Motiven und näheren Hinweisen auf seine Hamburger Verabredung durchsuchen. Auch in Svens Wohnung wollte er sich umsehen – bislang war Tiano nur kurz mit der Haushälterin dort gewesen, um zu schauen, ob er tatsächlich nicht da war. Nun würde der richterliche Beschluss für eine Durchsuchung reine Formsache sein, denn Sven war seit einer Woche verschwunden und damit potenzielles Opfer. Außerdem ein möglicher Verdächtiger im Mordfall Lars Olufsen.

Es galt, Iris aufzutreiben und zur Anfertigung einer Phantomzeichnung von Mareike zu überreden – wofür sie noch heute ins Kommissariat in Flensburg gebracht werden müsste. Marie würde sich darum kümmern, sie zur Fähre zu bringen und das Abholen durch Kollegen in Dagebüll zu organisieren. Handyverbindungen und Bankkonten würde Hein sich anschauen. Tiano wollte versuchen herauszufinden, was mit Svenja war und mit Clara, der vor zehn Jahren aus dem Nichts aufgetauchten unehelichen Tochter von Karl. „Sie heißt Ewalds mit Nachnamen", klärte er Petersen auf.

Das Telefon klingelte. Hein nahm ab.

„Nun mal langsam, Martin. Was heißt, der Traktor ist weg? Reg' dich mal nicht auf. Weit kann der ja nicht sein. Einen Traktor hat hier noch niemand geklaut, bestimmt nur ein Streich oder ein Betrunkener. Geh' doch schon mal selber suchen, wir können hier im Moment keinen Kollegen entbehren." ... „Ja, klar, immer den frischen Spuren nach. Und nicht gleich verprügeln, wenn noch einer draufsitzt!"

Hein legte auf und erklärte den Kollegen grinsend, dass Strandkorbvermieter Martin Dethlefsen seinen Traktor heute Morgen bei Arbeitsbeginn nicht am üblichen Platz vorgefunden hatte. Echte Kriminalfälle waren auf der Insel ja schon eine Seltenheit, aber die Diebstahlquote bei Kraftfahrzeugen lag schon immer nahe Null. Wo hätte ein Täter auch damit hin sollen? Das Verschwinden des Traktors würde sich also ganz gewiss auch ohne polizeiliches Eingreifen aufklären.

Leif kam herein, ein wenig außer Atem. Er war schnell gegangen und hatte dabei pausenlos telefoniert. Bei der Fährgesellschaft war schon jemand im Büro gewesen: Ihm war versprochen worden, sofort mit der Recherche anzufangen, so dass bei Eintreffen einer richterlichen Genehmigung alles vorliegen würde. Die Genehmigung würden die Kollegen in Husum sofort erbitten, auch wenn das hieß, einen Richter am Sonntagmorgen um acht Uhr zu stören.

Das Telefon klingelte erneut, und wieder war es Hein, der den Anruf entgegennahm.

„Blut? Bist du sicher?" ... „Okay Martin; wo genau bist du?"

... „Ja, ich schaue mir das gleich an. Bin in zehn Minuten bei dir."

„Da scheint doch etwas anderes im Busche zu sein", sagte Hein zu den Kollegen, während er seine Jacke anzog. „Martin hat den Traktor am Fahrradständer-Übergang bei der Odde entdeckt. Mit Blut an den Reifen. Besser, wir schauen uns das an... bei den ganzen Vorfällen hier in letzter Zeit." Björn würde derweil das mit den Handydaten übernehmen.

Das Handy von Tiano klingelte, er nahm sofort ab. „Ja, verstehe. Bleib ganz ruhig, fass' nichts an, sieh zu, dass du keine Spuren verwischst und halte den Hund kurz. Geh auch nicht weg und lass keinen in die Nähe. Wir sind in zehn Minuten bei dir."

Tiano war während des Telefonats blass geworden. „Noch ein Toter", erklärte er den Kollegen in ungläubigem Tonfall. „Unten am Weststrand der Odde. Meine Schwester hat ihn gerade gefunden; sie ist mit dem Hund unterwegs. Eindeutig Mord, sagt sie. Richtig plattgefahren, die Leiche. Und hat einen Autokotflügel über dem Kopf. Sören dreht dort morgens immer seine Runde. Sollte mich nicht wundern, wenn er der Tote ist."

Noch während er sprach waren alle aufgestanden und hatten ihre Jacken angezogen. Der Fall nahm dramatische Ausmaße an. Jetzt liefen sie hinaus zu den beiden Einsatzwagen und fuhren mit Blaulicht, Sirenen und kreischenden Reifen vom Hof.

Petersen telefonierte selbst mit der Einsatzzentrale. „Wir haben hier kaum Leute; schicken Sie sofort sechs Beamte. Wir müssen weiträumig absperren. Und die Spurensicherung. Alles sofort und per Hubschrauber." ... „Ja, unbedingt sofort. Wir haben auflaufendes Wasser. Da zählt jede Minute, um Spuren zu sichern." ... „Die Anruferin ist uns persönlich bekannt und unbedingt vertrauenswürdig, und es gibt einen Traktor mit Blut an den Reifen." ... „Nein, wenn wir erst selber nachschauen, verlieren wir wertvolle Zeit." ... „Schluss jetzt! Tun Sie es einfach!"

Petersen verzog die Mundwinkel. Zum Ende des Gesprächs hin war er nicht lauter, aber sehr nachdrücklich geworden. Der Kollege auf dem Festland zeigte sich für seinen Geschmack zu wenig kooperativ. Das konnte er überhaupt nicht leiden. Doch dank der klaren Worte würden die Helfer nun schnellstmöglich auf den Weg gebracht werden.

24

Die Polizeisirenen durchdrangen die Stille des Sonntagmorgens. Sie würden so manch einen Insulaner und Feriengast aus dem Schlaf reißen. Bei der hohen Geschwindigkeit, mit der die Einsatzwagen dahinschossen, konnten Sie aber auf keinen Fall auf den Warnton verzichten. In wenigen Minuten hatten sie die Landstraße nach Norddorf hinter sich gelassen und durchquerten, nun doch etwas langsamer, geradeaus den noch wie ausgestorben daliegenden Ort. Unten beim Miadwai bogen sie links in Richtung Strand ab. Vorbei ging es an den vielen Häusern der Kurklinik, die sich am Ende des Miadwai und an der schmalen Stichstraße zwischen Strand und Dorf, dem Strunwai, angesiedelt hatten.

Hein hatte mittlerweile noch einmal mit Strandkorbverleiher Martin telefoniert, der den Strandübergang vom Sand der Nacht freischieben würde, so dass die Streifenwagen auf den Strand fahren konnten, ohne steckenzubleiben. Die Gefahr war zu groß, dabei wertvolle Zeit zu verlieren. Wind und Wellen würden Minute um Minute Spuren tilgen. Außerdem wollte Martin ein paar Kollegen zusammentrommeln, die beim Absperren helfen würden, bis Verstärkung eingetroffen war.

Martin wartete schon beim Strand-Restaurant neben einem mit Vorderlader bestückten Traktor. „Ihr könnt direkt weiterfahren", rief Martin, der sich in der letzten Viertelstunde vom Diebstahlopfer zum Polizeihelfer gewandelt hatte, den Polizisten zu. „Der Sand ist weg. Die Kumpels sind schon mit ihren Traktoren los. Ich komme gleich nach."

Mit laut schrillenden Sirenen, dennoch vorsichtig, fuhren die beiden Streifenwagen über den asphaltierten Dünenübergang und bogen direkt vor dem hölzernen Bohlenweg schräg rechts zum Meer hin ab. Dann ging es in rasanter Fahrt in Richtung Norden. Entlang der Wasserkante gaben sie noch einmal richtig Gas, umfuhren ortskundig die Buhnen, die hier den Sandstrand vor den Fluten schützten, und schon bald sahen sie die winkende Gestalt von Albertina, der Schwester von Tiano.

Die Wagen stoppten gut hundert Meter vor ihr. Von hier aus würden sie zu Fuß weitergehen müssen, um nicht versehentlich Spuren zu verwischen. Während die anderen losliefen, machten sich Marie und Björn daran, Absperrbänder aus dem Kofferraum herauszuholen und auszubringen. Sie würden bei weitem nicht ausreichen, aber gemeinsam mit den Traktoren, einer war mit Björn weiträumig um den Tatort herum auf die andere Seite gefahren, sollte es gelingen, die wenigen Feriengäste, die jetzt schon unterwegs waren, fernzuhalten.

Der Anblick war schrecklich. Der gesamte Körper war von den schweren Reifen aufgerissen, zerquetscht und plattgedrückt worden. Die Laufkleidung war zerrissen, der Sand mit Blut durchtränkt. Der aufgefrischte Wind trieb aus Nordwest feine, in der Morgensonne glitzernde Sandwolken über den Boden, die sich auf dem klebrigen, bereits stark gedunkelten Blut ablagerten und den in den Boden eingesunkenen Körper nach kurzer Zeit weitgehend überdeckt haben würden.

Überall um die Leiche herum war der Untergrund von Reifenspuren aufgewühlt; wenige Meter von ihr entfernt lag ein umgefallener Strandkorb.

„Das Werk eines Berserkers!", dachte Petersen und hielt kurz inne.

Tiano eilte direkt zu seiner Schwester und nahm sie in den Arm, wobei er den Hund zur Seite drängte, der ihn wie immer wild wedelnd und aufgeregt begrüßen wollte.

Albertina schluchzte auf. „Mein Gott, Christiano. Gut dass

ihr da seid. Ich hätte hier nicht mehr länger stehen wollen", sagte sie und schmiegte sich in die Arme ihres Bruders. „Wer macht nur so etwas? Ich glaube, das ist Sören Olufsen. Den sehe ich hier oft. Die Kleidung passt. Und es ist auch seine Zeit."

„Ist dir irgendwas aufgefallen? Hast du jemanden gesehen? Einen Menschen, ein Auto oder", sein Blick fiel auf die Fahrspuren, „einen Trecker?"

Aber Albertina war niemandem begegnet, hatte auch nichts gesehen. Nur einen Motor hatte sie gehört, als sie an den Strand kam, der war aber bald verstummt.

Petersen näherte sich der Leiche sehr bedächtig, um keine Spuren zu verwischen. „Merkwürdig, wie dieser Kotflügel über dem Kopf liegt", dachte er. Mit Sicherheit war der nicht zufällig dort hingefallen, sondern ganz bewusst genau so abgelegt worden. Es müsste Fußspuren des Täters geben. Wenn sie Glück hatten sogar Fingerabdrücke.

Tatsächlich waren klare, vom Flugsand aber schon fast wieder gefüllte Fußabdrücke in den Fahrspuren neben dem Kopf zu sehen. Sie waren entstanden, nachdem die Reifen ihr grausames Werk vollendet hatten.

„Waren Sie direkt bis an die Leiche herangegangen?", rief Petersen über die Schulter hinweg zu Albertina hinüber.

Die löste sich aus den Armen ihres Bruders und schüttelte den Kopf. „Als ich gesehen habe, was da passiert ist, bin ich gleich stehen geblieben und habe Christiano angerufen. Genau von hier, wo ich jetzt bin. Danach habe ich mich keinen Meter mehr gerührt, so wie er es mir gesagt hat. Es ist auch sonst keiner gekommen."

Die Fußabdrücke waren also vermutlich vom Täter. Endlich etwas Verwertbares! Die Spurensicherung würde auch dann etwas mit ihnen anfangen können, wenn sie mit feinem Flugsand gefüllt waren. Vorsichtshalber machte er aber schon jetzt mehrere Fotos von den Spuren, dem Körper, der Umgebung.

Ohne sich viel zu bewegen, versuchte der Kommissar zu

sehen, von wo der Täter gekommen war. Ja, eindeutig von schräg rechts und nur ein paar Meter zu Fuß. Dort gab es zwei tiefere parallele Abdrücke, wo der Besitzer der Schuhe wohl vom Traktor gesprungen war. Eine ebenfalls etwas tiefere Reifenspur machte deutlich, dass das Fahrzeug genau dort angehalten hatte. Ansonsten waren im Umkreis von gut fünfzehn Meter vor allem wild durcheinander laufende Fahrspuren zu sehen. Der Täter hatte sich schrecklich ausgetobt. Seine furchtbare Wut war offenkundig. Im merkwürdigen Kontrast dazu stand, wie Petersen fand, das anschließende fast ruhige Bedecken des Kopfes mit dem Kotflügel. Auch ohne eine Untersuchung der KTU war sich der Kommissar sicher, dass das dunkelgrüne Stück Autoblech von einem Volvo 850 stammte. Schon wieder!

„Lasst uns schauen, woher das Opfer gekommen ist, bevor der Sand alles zudeckt", rief der Kommissar Leif und Tiano zu. „Ganz langsam sternförmig zum Außenkreis der Fahrspur und dann im Uhrzeigersinn herum." Die drei Männer gingen in unterschiedlichen Richtungen auseinander. Petersen hatte intuitiv die Richtung zum Meer gewählt. Am Außenkreis wurde deutlich, dass seine Intuition richtig gewesen war. Die Traktorspuren kamen fast schnurgerade von dort. Auf gleicher Linie waren zwischen den Reifenspuren die vorne tief eingesunkenen Abdrücke schnell laufender Füße gerade noch zu erahnen.

Leif hatte auf der Dünenseite die wegführenden Spuren des Traktors gefunden. Da das Fahrzeug ja bereits entdeckt worden war, entschieden sich die Beamten, gemeinsam den Spuren in Richtung Meer zu folgen. Hier und da machte Petersen Fotos. An einigen Stellen war deutlich zu erkennen, wie der Traktor hart gewendet hatte, und vor Petersens innerem Auge nahm die Verfolgungsjagd Gestalt an, die sich hier abgespielt hatte. Er stellte sich die Panik des Opfers vor und erschauderte.

Nach rund einhundert Metern hatten die Männer den Wassersaum erreicht. Wie lang die Fluchtstrecke des Opfers insgesamt gewesen war, ließ sich nicht mehr abschätzen; ab hier hatte das auflaufende Wasser alle Spuren verschluckt.

„Habt ihr eine Kamera-Drohne in euren Einsatzwagen?" Petersen hätte gerne alles mit Fotos von oben festgehalten.

Tiano schüttelte den Kopf – diese Art Ausrüstung war noch nicht auf der Insel angekommen.

„Na, macht nichts", meinte der Kommissar. Allein aus dem Zustand des Körpers und den unmittelbaren Spuren um ihn herum würde sich später vor Gericht ein Vorsatz eindeutig nachweisen lassen.

Die drei Männer kehrten zum Opfer zurück. Petersen zog Handschuhe an; der Zeitpunkt war gekommen, sich das Gesicht des Toten anzuschauen. Tiano hatte bereits Björn zum Streifenwagen zurück geschickt, um einen ausreichend großen Plastikbeutel für den Kotflügel zu holen. Die Hauptkommissare warteten ab, bis der Polizeimeister zurück war, dann schoben sie das Fahrzeugteil vorsichtig in den Beutel. Der Anblick des Kopfes war noch schrecklicher als der des Körpers. Auch über ihn waren die schweren Reifen mehr als einmal gerollt. Das aschblonde, gelockte Haar passte zu Sören; das Gesicht ließ aber nicht einmal mehr erahnen, ob er es wirklich war. Zum Glück lag der KTU ja bereits eine eindeutige DNA-Probe von Sören vor. Das würde die Arbeit erleichtern.

Aus der Ferne näherten sich Hubschraubergeräusche. Die Einsatzgruppe oder die KTU kamen; vielleicht auch schon beide zusammen. Tiano gab über Funk die Position durch und wies an, wo der Hubschrauber landen konnte, ohne die Spuren am Tatort zu verwirbeln. Die Streifenwagen waren dabei eine gute Orientierung.

Petersen blickte auf sein Handy. 8:45 Uhr. Das war wirklich schnell gegangen. Nach der anfänglichen Verweigerung hatte der Kollege in der Einsatzleitstelle dann doch sofort alle Hebel in Bewegung gesetzt, stellte er befriedigt fest. Marie lief zur vorgesehenen Landestelle und wies den Hubschrauber mit

ihrer roten Polizeikelle ein. Es war ein Mannschaftstranspor-
ter; Spurensicherung, Gerichtsmedizin und die Kollegen zum
Absperren trafen gemeinsam ein.

„Ach, herrje", dachte Petersen, als er den sich nähernden
Pathologen erkannte. „Ausgerechnet der Sandemann."

Dr. Alfons Sandemann war zwar durchaus eine Koryphäe
auf seinem Gebiet, gleichzeitig aber für dumme Witzeleien bekannt, die der Ernsthaftigkeit der Situationen, in denen sie sich
in der Regel trafen, meist nicht angemessen waren. Tatsächlich
ging es auch gleich beim Händeschütteln los.

„Oha, Petersen, den haben die hier ja richtig plattgemacht",
grinste Sandemann mit Blick auf den geschundenen Körper.
„Ohne meiner Untersuchung vorgreifen zu wollen, würde ich
mal sagen: Der ist definitiv tot."

Petersen rollte mit den Augen und drehte sich zum Chef der
Spurensicherung um, der jetzt ebenfalls herangekommen war.
„Hallo Mike", begrüßte er ihn. „Auf der Linie Hubschrauber
/ Strandkorb könnt ihr gehen, ohne Maßgebliches zu verwi-
schen. Spannend wird's da drüben vom Kopf des Opfers in
Richtung Dünen. Da brauchen wir vor allem die Fußabdrücke,
die der Täter hinterlassen hat. Das möglichst als Erstes, bevor"
– ein Seitenblick auf den Mediziner – „da jemand drauf tritt."

Petersen arbeitete gern mit Michael Hagemann zusammen,
der zu den besten Spurensicherern gehörte, die ihm bislang in
seinem Berufsleben begegnet waren. Oft entdeckte er in kürzester Zeit die Nadel im Heuhaufen. Kein Zweifel, sie würden
alles Verwertbare finden, das der Täter am Strand und beim
Traktor zurückgelassen hatte.

„Leiche am Strand ist schnell voller Sand", reimte Dr. Sandemann gerade vor sich hin. Hagemann und Petersen warfen
sich einen Blick zu und rollten mit den Augen.

Für Petersen, Hansen und ihre Amrumer Kollegen gab es
hier jetzt erst einmal nichts mehr zu tun. Die Beamten vom
Festland waren dabei, den Tatort weiträumig mit rot-weißem

Band abzusperren, die Spurensicherer hatten sich zwischen Tatort und Mord-Traktor aufgeteilt. Sandemann war bei den ersten schnellen Untersuchungen und proklamierte auf seine Weise, dass der Tote vor zwei Stunden garantiert noch quicklebendig gewesen war: „Der Mann hier ist ´ne Stunde tot, jetzt tut ein Leichenwagen not."

„Wir sollten am besten sofort mit all dem anfangen, was wir vorhin beredet haben", sagte Petersen zu den Kollegen. „Zusätzlich Sörens Haus, natürlich." Und dann zu Mike Hagemann gewandt: „Die Häuser der beiden Opfer sind hier in Norddorf. Kommt rüber, wenn ihr hier fertig seid. Wir müssen Computer und Handys auswerten, und vielleicht war der Täter ja auch da drin."

Hein hatte zwischendurch mit Strandkorbverleiher Martin gesprochen, der aber nichts weiter zu berichten hatte. Den Traktor hatte er gestern gegen 18 Uhr beim Strandkorblager am Ende des Strandparkplatzes abgestellt, da, wo auch all die anderen Traktoren standen. Den Schlüssel hatte er wie immer mit nach Hause genommen und ihn auch heute Morgen noch in der Tasche gehabt, als er gegen halb acht merkte, dass sein Traktor weg war.

„Kurzgeschlossen", stellte Martin fest, als er ihn wenig später, der einzigen frischen Spur folgend, wiederfand. Nein, auch die Tage vorher war ihm nichts Ungewöhnliches und auch kein Fremder aufgefallen. Oder doch: So ein junger, blonder, gut durchtrainierter Kerl war hier letzte Woche ein paar Mal vorbeigekommen und hatte sich ungewöhnlich lange im Bereich des Strandkorblagers aufgehalten. „Hab' ihn aber nicht weiter beachtet", meinte Martin.

Ja, die Olufsens kannte er. Lars und Sören recht gut, Sven eher vom Sehen. „Ziemlich miese Typen, alle drei; haben jeden über den Tisch gezogen, wenn sie konnten." Und dann mit Blick auf den Kommissar: „Ne, mich nicht. Persönlich hatte ich nichts mit ihnen am Laufen."

Marie und Björn waren bereits an den Einsatzwagen, als sie ankamen. Marie hielt das Funkgerät. Björn kam ihnen entgegen gelaufen.

„Sie haben offenbar Sven Olufsen gefunden", berichtete er aufgeregt. „Tot! Ist drüben am Hindenburgdamm angespült worden. Vermutlich letzte Nacht bei Hochwasser. Ein Lokführer hat ihn heute Morgen auf dem Weg nach Westerland entdeckt und die Kollegen auf Sylt informiert. Die haben den Körper schon geborgen. Das Gesicht ist ziemlich entstellt, kein Wunder nach einer Woche im Meer. Aber auf der Schwimmweste steht sein Name. Größe und Haare passen auch. Die Leiche hatte eine deutliche Wunde an der Stirn. Sie haben sie schon in die Gerichtsmedizin nach Flensburg geschickt. Am Fundort gab's nichts weiter zu sichern, meinen sie."

Petersen musste an seinen Traum von heute Morgen denken, in dem er Sven Olufsen als Täter gesehen hatte. Das war offenkundig ein Trugbild gewesen. Wenn es sich bei dem Toten tatsächlich um Sven handeln sollte, stünde seine Rolle als Opfer jetzt eindeutig fest. Schon das dritte Opfer in einer Serie, von der er 24 Stunden zuvor noch nicht einmal etwas geahnt hatte. Mindestens das dritte Opfer! Und bislang noch kein Hinweis darauf, worum es hier ging.

Eifersüchtige Ehemänner schieden jetzt wohl aus – denn anders als bei Lars und Sören fielen schräge Liebesaffären nicht in das Spektrum von Sven. Immobilien waren ein gemeinsamer Nenner, bei dem sich alle drei unangenehm hervorgetan hatten. Ein anderer war die enge Verwandtschaft der vermögenden Männer. Hier konnte es auch um Erbschaften gehen, was ihre Geschwister sowohl zu potenziellen Tätern als auch zu möglichen nächsten Opfern machen würde.

Aber so richtig mochte Petersen nicht an diese Möglichkeit glauben. Hier war enorme Wut im Spiel, kein eiskalt berechnender Erbschaftsmord. Auch hatte er bei den Geschwistern der Opfer keinen Hass gesehen. Eigentlich nur Traurigkeit, Frustration und einen gewissen tief sitzenden Ekel. Und dann der Volvo! Was konnte es mit dem auf sich haben? Es gab einen solchen Wagen in der Vergangenheit von Sven, und er stand in Zusammenhang mit dem Verschwinden von Svenja seinerzeit. Die To-do-Liste, die sie sich vorhin in der Polizeistation aufgestellt hatten, blieb unverändert bestehen, nur dass sie nun noch umfangreicher geworden war. Das waren die Fährten, denen es jetzt nachzugehen galt.

Petersens Telefon klingelte, als die Streifenwagen gerade wieder den Strunwai erreicht hatten. Es war Mike. Sie hatten bereits einige der Fußspuren vom Flugsand freigelegt und Gipsabdrücke genommen. Vermutlich Wanderstiefel, relativ schmal, Größe zirka 39. Eindeutig auf den Fahrspuren, also nach dem Mord entstanden. „Eine Frau oder ein eher kleiner Mann, wenn du mich fragst", meinte Mike und legte auf.

In Petersens Kopf rauchte es. Es gab jetzt auf einmal sehr viel zu tun, und es war alles sehr drängend. „Marie: Bitte setzt dich sofort mit Iris Dombrowski in Verbindung. Hier ist die Handynummer. Wir brauchen so schnell wie möglich ein Phantombild von dieser Mareike." „Hein, kannst du bitte als erstes zu Mara und Christine fahren. Mit Björn zusammen.Und vorsichtig sein: Beide könnten wütige, zu allem bereite Mörderinnen sein. Beschlagnahmt Jacken, herumliegende Kleidung, unbedingt auch alles aus der Waschmaschine, und vor allem Wanderstiefel, wenn ihr welche findet. Fragt nach ihren Alibis für heute zwischen sieben und acht und überprüft sie sofort. Und, Moment, da war auch noch diese Prostituierte, die bei Lars und Sören war" – Petersen blätterte in seinem Notizbuch – „ja, Heike heißt sie und wohnt am Nei Stich hier in Norddorf. Bei ihr das Gleiche: Kleidung, Wanderstiefel, Alibi. Überall auch in die Mülltonnen schauen. Und seht zu, dass ihr diese Clara auftreibt und" – ein kurzes Zögern – „findet heraus, was mit Svenja ist."

Tiano würde die Wohnung von Sören übernehmen, Leif die von Lars. Petersen selbst wollte sich bei Sven umschauen, Marie könnte ihn auf dem Weg zu Iris bei dessen Haus in Wittdün absetzen. „Ich rufe Svens Haushälterin an, dass sie dich mit dem Schlüssel am Eingang erwartet", bot Tiano an. Dann ließen er und Leif sich von Hein bei den zu durchsuchenden Häusern absetzen. Zwei Streifenwagen waren an diesem Morgen definitiv zu wenige, um all den drängenden Aufgaben gerecht zu werden.

25

Während der rasanten Fahrt nach Wittdün rief Petersen doch selber bei Iris an. Ja, sie sei bereits aufgestanden und auch bereit, einen Ferientag für das Phantombild zu opfern. Sofort? Zur 9:30-Uhr-Fähre? Würde das nicht ein bisschen zu knapp werden? Nur noch fünf Minuten! Ja, sie würde auf der Straße auf den Streifenwagen warten.

Petersen bat Tiano über Funk, die Fährgesellschaft um Verzögerung zu bitten, bis der Streifenwagen das Schiff erreicht hatte. Eine fünf Minuten spätere Abfahrt wäre jetzt, bei auflaufendem Wasser und Nordwestwind, ja problemlos wieder aufzuholen. Kurz überlegte er, ob er die Fähre aufhalten und alle, die an Bord gehen wollten, überprüfen lassen sollte. Aber der Aufwand wäre bei weitem zu groß für den kaum zu erwartenden Erfolg.

Marie hatte mittlerweile das Blaulicht eingeschaltet und war mit kreischenden Reifen in den Wittdüner Tidenweg eingebogen, wo Iris sich eine Ferienwohnung gemietet hatte. Sie stand, wie versprochen, auf dem Gehweg bereit. Petersen glitt aus dem Wagen und hielt ihr die Tür auf.

„Ich gehe zu Fuß weiter", rief er den Frauen zu, während Iris in den Wagen sprang.

Die Hektik schien ihr eindeutig Spaß zu machen. „Wie im Krimi", grinste sie.

Dann schlug die Wagentür zu und Marie düste unter Sirenenklang mit Blaulicht zum Schiff.

Vom Tidenweg aus waren es keine zweihundert Meter zur Wohnung von Sven Olufsen, der sich an der Oberen Wandelbahn ein Apartmenthaus in schönster Lage mit unverbaubarem Meerblick gekauft hatte. Das Haus war sein erster Immobiliencoup auf Amrum gewesen, hatte Tante Lizzy Hark heute Morgen erzählt. Da war Sven noch keine zwanzig Jahre alt, und manch einer auf der Insel wunderte sich, woher die wahrlich nicht vermögende Vollwaise das Geld für solch eine Investition genommen hatte. Schnäppchen hin, Schnäppchen her, zumindest die aufwändige Renovierung musste allerhand gekostet haben. Ein Gerücht besagte, dass die hiesige Filiale der Nordfriesischen Insel-Bank in das Geschäft mit eingestiegen sei. Genaues hatte man aber nie erfahren. Die Banker und Sven selbst hüllten sich in Schweigen. Jedenfalls hatte Sven schon damals die schönste Wohnung in diesem Haus für sich selbst ausgebaut, und dort residierte er heute noch. „Oder zumindest bis vor einer Woche", dachte Petersen, während er die Stufen hoch zur Oberen Wandelbahn erklomm.

Die Aussicht, die sich ihm oben bot, war berauschend. Der Blick fiel ungetrübt über den an dieser Stelle fast zwei Kilometer breiten Sandstrand, den „Kniepsand", auf das dahinter liegende Meer. Links schimmerten grünlich die Ränder der flachen Lagune vor Wittdün, die bei Ebbe komplett trockenfiel, jetzt aber bereits wieder zur Hälfte mit dem auflaufenden Nordseewasser gefüllt war.

Die noch tief stehende Morgensonne ließ das Wasser glitzern, das Grün der Algen leuchten und das Weiß des Kniepsandes erstrahlen. Nur vereinzelte schneeweiße Wolken schmückten das strahlende Blau des Himmels, und die Häuser und Dünen schirmten den Nordwestwind ab, so dass es Petersen fast schon zu warm wurde in seiner gefütterten Regenjacke. Die zum Strand ausgerichteten Häuser wurden hier, ganz im Süden der Insel, vom frühen Morgen bis in den Abend hinein von der Sonne bestrahlt. Wenn sie denn, wie jetzt, schien. Die Stimmung war dabei eine ganz andere als in Tante Lizzys Haus drüben am Nebeler Watt. Aber unvergleichlich schön war es zweifellos auf beiden Meeresseiten der Insel.

Das Haus, das Sven sich hier gekauft und ausgebaut hatte, musste heute ein Vermögen wert sein, dachte Petersen, als er zum ersten Mal seit langem vor dem prächtigen weißen Bau mit seinen großen Fenstern und Balkonen stand. Sven hatte sich, natürlich, die oberste Etage genommen und auch gleich am Anfang eine riesige Gaube in das rot leuchtende Dach einbauen lassen – geschützt vor den Blicken der zahlreichen Feriengäste auf der Oberen und Unteren Wandelbahn und mit freiem Blick bis weit nach Hooge und Norderoogsand.

Unwillkürlich suchten Harks Augen die Hauswände nach dem Weg ab, auf dem Tante Lizzy damals in die Wohnung von Sven und in sein Schlafzimmer eingedrungen sein könnte. Die vielen Vorsprünge und Balkone dürften das Erklettern vergleichsweise leicht gemacht haben. Für seine Tante, die damals gerade erst ihren Versuch aufgegeben hatte, auf Amrum nach Feierabend eine Kampfsportschule aufzubauen, war das sicherlich wie ein Spaziergang gewesen. „Ninja Liz", grinste er und stellte sich vor, wie sie in engem, schwarzem Kampfanzug, mit Sturmhaube und schwarz angemaltem Gesicht die weiße Wand erklomm.

„Quatsch", sagte er laut und riss sich damit aus den Gedanken. Die ältere, leicht dickliche Dame vor dem Haus sah ihn überrascht an.

„Wie bitte?", fragte sie und Petersen schüttelte leicht errötend den Kopf.

„War nicht für Sie bestimmt", antwortete er. „Sind Sie Frau Sörensen, die Haushälterin von Sven Olufsen?"

„Ja, bin ich", antwortete die Dame immer noch ein wenig irritiert. „Und Sie sind Kommissar Petersen? Könnte ich vielleicht mal Ihren Ausweis sehen?! Nur der Ordnung halber."

Während sie sprach, veränderte sich ihr Tonfall von offensiv auf defensiv – ein Wechsel, den Petersen als Polizist sehr häufig erlebte. Erst traten die Leute ihm betont oder bemüht forsch entgegen, glitten dann aber, wenn das Bewusstsein für die Situation langsam einsetzte, doch eher in eine Verteidigungshaltung hinein. Sein Blick fiel auf die Schuhe seines Gegenübers.

„Welche Schuhgröße haben Sie?", fragte er direkt heraus, während er Frau Sörensen seinen Dienstausweis entgegenstreckte.

Sie wich ein wenig vor seiner ausgestreckten Hand zurück. „Äh, mhhh, siebenunddreißig", stammelte sie. „Wieso?"

„Reine Routinefrage", lächelte er sie an. Das war einer der schönen Sätze, die er sich aus Fernsehkrimis abgeschaut hatte. Sie unterbanden in der Regel jede weitere Nachfrage.

Gemeinsam mit Frau Sörensen ging er zum Haus. Sie schloss die schwere Eingangstür auf. „Gibt es hier nur den einen Eingang", fragte Petersen. Diese Frage gehörte nun tatsächlich zu den Routinen und entbehrte an dieser Stelle eigentlich jeglichen Grundes.

„Nein", antwortete sie. „Von der Mittelstraße aus gibt es eine Auffahrt zum Parkplatz und von dort einen Nebeneingang. Man kann auch durch die Tiefgarage kommen. Aber Herr Olufsen bevorzugte diesen Eingang hier. Zumindest, wenn er zu Fuß unterwegs war."

Sie betraten ein helles, breites, mit Marmor gefliestes Treppenhaus. „Repräsentativ, leicht zu reinigen, seelenlos", schoss es Petersen durch den Kopf. Der Treppenaufgang war sicherlich gut anderthalb Meter breit, schätzte er. Hier könnte man auch sehr große Möbelstücke oder einen Flügel hinauf tragen.

Unerwartet rüstig erklomm die Dame vor ihm die Stufen, blieb aber abrupt stehen, kurz bevor sie die Wohnung im zweiten Stockwerk erreicht hatten. Sie war schlagartig blass geworden.

„Die Tür ist auf", raunte sie dem Kommissar zu.

Petersen reagierte sofort. Er deutete Frau Sörensen mit einer schnellen Bewegung des Zeigefingers zum Mund an, leise zu sein und machte dann mit derselben Hand eine Geste, dass sie leise und ruhig wieder nach unten gehen sollte.

„Unten 110 anrufen", flüsterte er ihr zu. Sie nickte und schlich davon.

Petersen schlug die Jacke zurück und griff nach seiner Pistole, die er im Gürtelholster immer bei sich trug, aber so gut wie noch nie gebraucht hatte. Er liebte diese dramatische Wildwest-Geste des Griffs nach der Waffe. Allerdings wurde das Vergnügen dadurch getrübt, dass die Pistole, anders als bei den Wildwest-Sheriffs, mit einem stabilen Verschluss in ihrer Tasche gesichert war. Außerdem mutete sie nicht annähernd so martialisch an wie die glänzenden Revolver von John Wayne.

Die nicht einmal 700 Gramm schwere P99 von Walther verwuchs mit seiner rechten Hand. Die linke stützte das Gelenk. Das höhere Gewicht seiner alten P6 war ihm lieber gewesen. Und auch den Entsicherungshebel vermisste er bei diesem Neun-Millimeter-Selbstlader. Dafür war die Waffe aber sofort schussbereit, wenn es mal darauf ankam. Bislang war es jedoch noch nie darauf angekommen.

Fast lautlos glitt Petersen die letzten Stufen hinauf und zur Tür – die Pistole mit leicht gebeugten Ellenbogen weit vor dem Körper. Die Tür stand nur einen kleinen Spalt weit offen; das Schloss war mit roher Gewalt aufgebrochen worden.

Drinnen hörte er Geräusche, recht weit von der Tür entfernt. Es polterte, Dinge fielen auf den Boden. Offenkundig war jemand dabei, die Wohnung zu durchsuchen.

Petersen überlegte. Der gesunde Menschenverstand wie auch das Lehrbuch der Polizei geboten, sich von der Tür zurückzuziehen und Verstärkung anzufordern. Andererseits waren die Kollegen zurzeit alle gut zehn Minuten von ihm entfernt und es war nicht unwahrscheinlich, dass der oder die Täter innerhalb dieser Zeit mit der Suche fertig sein und das Haus verlassen würden. Spätestens dann wäre er ohnehin mit ihnen konfrontiert, und das in einem Hausflur, wo auch Unbeteiligte dazwischen kommen könnten. Petersen entschied sich fürs Reingehen.

Auf dem linken, tief gebeugten Bein balancierend, schob der Kommissar mit dem rechten Fuß behutsam und geräuschlos die schwere Mahagoni-Tür zu Olufsens Wohnung auf. Die Arme mit der Waffe blieben dabei ausgestreckt und bedrohlich auf den sich immer weiter öffnenden Türspalt gerichtet. Vor Petersen tat sich ein breiter Wohnungsflur auf. Links die Garderobe mit ein paar Jacken an einer vertäfelten Wand, rechts ein Büfettschrank mit großem Spiegel sowie Kämmen und Bürsten in einer Schale darunter.

Die Geräusche in der Wohnung waren nun deutlicher zu vernehmen. Zweifellos durchsuchte da vorne jemand Regale und Schubladen, blätterte herum, zischte fluchend vor sich hin. Hark hatte nach den bisherigen Ermittlungen damit gerechnet, eine Frau anzutreffen. Aber die schweren Atemgeräusche und Flüche deuteten ohne Zweifel auf einen Mann hin. Sie kamen aus dem hellen Raum, den er durch die weit geöffnete Tür auf der gegenüberliegenden Flurseite wahrnahm. Auch links und rechts des Flures gab es jeweils zwei geöffnete Türen. Petersen verfluchte sich, in dieser Situation allein zu sein. Die potenzielle Täterin könnte in einem der seitlichen Räume sein und plötzlich hinter ihm auftauchen, wenn er den Mann im Zimmer geradeaus stellte.

Es half nichts: Zumindest eine kurze Überprüfung würde er zu den Seiten hin machen müssen, bevor er nach vorne vordrang. Allerdings könnte er dabei wiederum zwischen eine dort möglicherweise lauernde Person und den potenziell aus dem Zimmer vorne kommenden Mann geraten. Vielleicht sogar zwischen drei Leute von allen Seiten.

Petersen lauschte nach links und rechts, hörte dort absolut nichts und entschloss sich, erneut die Vorsichtsregeln über Bord zu werfen und den Einbrecher geradeaus zu stellen. Mit tief gebeugten Knien schlich er sich an, warf dabei aber vorsichtshalber doch einen Blick durch die Türen an den Seiten. Die Räume waren, soweit er sehen konnte, durchsucht worden und jetzt menschenleer. Nach wenigen Sekunden war er in der Türöffnung zu einem sehr großen Wohnzimmer angelangt. Seine Südseite war voll verglast und führte mit breiten Terrassentüren auf die Gaube hinaus.

Rechts von ihm stand ein Schreibtisch mit Blick nach draußen. Die Schubladen waren herausgerissen, ihr Inhalt lag weit verstreut im Kreis um den Schreibtisch herum. Die Bücherregale an der Wand auf Eingangstürseite waren komplett geleert, die Bücher auf den Boden gefegt worden. An der Wand links von ihm war ein Mann dabei, einen großen Wohnzimmerschrank zu durchsuchen und alles, was ihm dabei in die Hände fiel, nach einem kurzen Blick darauf verächtlich schnaubend hinter sich zu werfen. An der rechten Wand stand eine geräumige Sitzgruppe. Der Mann war augenscheinlich allein im Raum.

Petersen schob sich geräuschlos durch die Tür, brachte die leergeräumten Regale in seinen Rücken und glitt ein Stück an ihnen entlang. Auf diese Weise würde ihm niemand durch die geöffnete Wohnzimmertür in den Rücken fallen können. Dann atmete er tief durch und sagte eher nachdrücklich als laut „Polizei! Nehmen Sie die Hände hoch und in den Nacken! Machen Sie keine Bewegung, die mich zum Schießen veranlassen könnte."

Der Mann gegenüber erstarrte. Anstatt der Aufforderung nachzukommen rührte er sich überhaupt nicht mehr. Ganz offenkundig überlegte er, wie er die Situation zu seinen Gunsten würde wenden können.

„Sofort!", zischte Petersen und diesmal fand er Gehör. Der Mann hob langsam die Hände nach oben, verschränkte sie hinter dem Hals.

„Okay, und jetzt ganz langsam umdrehen", befahl der Kommissar.

Der Mann kam der Aufforderung ohne weiteres Zögern nach. Es war ein sehr großer Mann, gut zehn Zentimeter größer als Petersen, und wohl an die zehn Jahre älter. Der Blick auf die Füße raubte jede Hoffnung auf einen direkten Zusammenhang mit dem Traktor-Mord. Schuhgröße 45. Mindestens!

Irgendwo hatte Petersen den Kerl schon mal gesehen. Sein dunkler Nadelstreifenanzug, eine edle Seidenkrawatte und auf

Hochglanz polierte Lederschuhe wiesen ihn als Geschäftsmann aus. Ein Immobilienhai, der gerade seine Konkurrenten beseitigt hatte? Langsam stieg eine Erinnerung in Petersen auf.

„Baumgarten?", fragte er. „Markus Baumgarten?"

Der Mann nickte. „Moin Hark", sagte er. „Erwischt!" Das Grinsen, das er dabei versuchte, misslang. „Aber das ist hier jetzt nicht das, wonach es aussehen könnte. Das musst du mir glauben."

„Aber klar doch", entgegnete Petersen, während er sich dem Regionalchef der Insel-Bank langsam und ohne die Eingangstür aus den Augen zu lassen näherte. „Die Dinge sind immer völlig anders als sie aussehen. Umdrehen und die Hände nach unten hinter den Rücken."

Während sein Gegenüber auch diesem Befehl ohne großes Zögern Folge leistete, nestelte der Polizist mit der Linken die Handschellen hervor und legte sie ihm an. Geschafft! Keine Gegenwehr, keine Angriffe von hinten. Glück gehabt! Aus der Ferne näherten sich sehr schnell und beruhigend Sirenenklänge. Einige Kollegen waren offenbar bereits dem Notruf der Haushälterin gefolgt. Die Waffe würde er trotzdem nicht einstecken oder die Eingangstür aus den Augen lassen, bevor nicht Verstärkung im Raum stand.

Das war bereits zwei Minuten später der Fall. Es war Marie, die sich, genau wie er vorhin, mit der Pistole in den nach vorne geschobenen Armen und in geduckter Haltung vorsichtig durch den Flur schob.

„Die Räume links und rechts sind noch nicht gesichert", rief er ihr zu. Sie fuhr herum, zunächst in die eine, dann in die andere Richtung.

„Scheiße", fluchte sie, unschlüssig, welcher Seite sie den ungeschützten Rücken zudrehen sollte. Petersen deutete nach links, sprang selbst nach vorne, um eine der rechten Türen zu sichern. Aber Küche, Bad und die beiden Schlafzimmer waren leer. Außer dem Banker war offenkundig niemand in der Wohnung.

„Markus Baumgarten, ich nehme Sie fest unter dem Verdacht des Einbruchs und des Mordes an Sven, Lars und Sören Olufsen", sagte Petersen förmlich.

„Also hör mal Hark, so doch nicht", erwiderte der Banker erschreckt. „Das mit dem Einbruch ist wirklich ganz anders, und mit Mord habe ich überhaupt gar nichts zu tun. Das musst du mir glauben!"

„Muss ich nicht, Herr Baumgarten, und bitte bleiben Sie beim Sie, wenn Sie mir jetzt das mit dem Einbruch, bei dem wir Sie gerade auf frischer Tat gestellt haben, erklären", antwortete Petersen bewusst förmlich. Insulaner hin oder her, dies hier war jetzt eine eindeutig geschäftliche Beziehung geworden, da galt es, die Form und den Abstand zu wahren. Eigentlich hätte er ihn zum Verhör zunächst aufs Revier bringen sollen, aber für ein förmliches Protokoll wäre später noch Zeit. Jetzt wollte er die Gunst der Stunde und das Erschrecken des Bankers nutzen, um möglichst viel sofort zu erfahren.

„Also, was sieht hier anders aus, als es ist?"

Baumgarten zögerte, druckste, gab sich dann aber doch einen Ruck. „Das, was ich euch sage, müsst ihr aber diskret behandeln, versprichst du das?", drängte er.

Petersen zuckte nur mit den Schultern.

„Wenn die Bank das erfährt, oder meine Familie... darum geht doch das Ganze hier", flehte Baumgarten.

„Das Ganze?", fragte Petersen. „Die ganzen Morde?"

„Die Morde? Um Gottes Willen nein, natürlich nicht", entgegnete der Banker erschreckt. „Nein, das hier mit diesem Einbruch. Ich wollte ja gar nichts klauen. Was denn auch. Geld habe ich selbst mehr als genug. Aber Sven hat mich erpresst. Mit Fotos. Die wollte ich wegschaffen, bevor sie jemand findet, nun, wo er tot ist."

„Erpresst? Was für Fotos? Und woher zum Teufel wissen Sie, dass er tot ist; bislang galt er doch nur als vermisst?", wollte Petersen wissen. „Und warum gerade jetzt und nicht während der letzten Woche?"

„Ich wusste ja, dass er verschwunden war, war aber nicht sicher, ob er tot ist. Das war ja niemand!", erzählte Baumgarten zögernd. „Jetzt war ich fürs Wochenende hier nach Amrum gekommen, in meine kleine Wohnung, die ich hier immer noch habe. Hätte ja sein können, dass er wieder auftaucht, oder vielleicht seine Leiche. Dann habe ich im Polizeifunk gehört – ja, stimmt, ist auch nicht legal, aber ich wollte ja wissen, was ist – dass ihr Sven gefunden habt. Da wusste ich, dass ihr seine Wohnung durchsuchen würdet und vielleicht das findet, womit er mich jetzt schon seit über 25 Jahren erpresst. Daher bin ich gleich mit dem Kuhfuß hier rein, um euch zuvorzukommen. Ich dachte, ihr wartet noch auf die Ergebnisse der DNA-Proben, bevor ihr hier auftaucht. "

„Was für Fotos?", fragte der Kommissar.

„Ist doch egal, oder?", druckste der Manager. „Sind ja offenbar keine hier."

„Klingt nicht überzeugend", entgegnete Petersen. „Für mich sieht das hier nach einem Einbruch aus, um die Spuren von drei Morden zu beseitigen."

„Quatsch. Was soll daran nach Spurenbeseitigung aussehen?", meinte Baumgarten, der sich langsam wieder gefangen hatte. „Zu den Fotos sag' ich euch gar nichts. Schlimm genug, dass die mir all die Jahre im Nacken gesessen hatten. Jetzt sind sie ja offenkundig verschwunden."

„Und Sie dachten, die Fotos hier zu finden?", hakte Petersen nach. „Oder noch mehr? Unterlagen zu irgendwelchen krummen Geschäften vielleicht? Ihr Arbeitgeber wird darüber bestimmt wenig erfreut sein! Genau so wenig wie über einen Bankdirektor als Einbrecher! Markus Baumgarten, das klingt mir alles verdammt nach einem Mordmotiv."

Allerdings war Petersen von seiner Mordthese in Wahrheit alles andere als selbst überzeugt. Hätte Baumgarten Sven aus diesem Grunde vor einer Woche selber getötet, wäre er unmittelbar danach und nicht erst heute in die Wohnung eingedrungen. Auch passten die Morde an Lars und Sören und die erhebliche Wut ihnen gegenüber da nicht hinein. Schon gar nicht die kleinen Füße beim Leichnam am Strand und auch der Volvo nicht. Aber es konnte nicht schaden, Baumgarten weiter aus der Fassung zu bringen, wenn er noch mehr erfahren wollte.

„Was war mit dem Volvo, mit dem ihr seinerzeit losgefahren wart, um Svenja zu suchen?", fragte er unvermittelt.

Baumgarten erstarrte und wurde leichenblass. „Volvo? Wieso Volvo?", stammelte er wenig überzeugend. Dann bekam er sich wieder in den Griff. „Ach der. Der ist uns damals geklaut worden. Auf dem Rückweg. An einer Autobahnraststätte. Da waren wir schon wieder in Deutschland. Svenja haben wir damals nicht gefunden. Das war mehr so eine Ferienreise. Ein Spaß. Nichts weiter."

Das deckte sich ungefähr mit dem, was Gunnar und Peer am Abend zuvor über den Italientrip ihres großen Bruders erzählt hatten. Aber es klang irgendwie einstudiert, viel zu routiniert. Also fasste Petersen nach: „Und was ist die wahre Geschichte?"

„Die wahre Geschichte?", fragte Baumgarten zurück. „Wieso wahre Geschichte. Das ist wahr so wahr ich hier stehe, mit Handschellen hinter dem Rücken."

„Ich glaube Ihnen kein Wort", sagte der Kommissar gerade in dem Moment, in dem Leif, Tiano, Hein und Björn mit vorgehaltenen Waffen die Wohnung stürmten. Mist! Er hatte nicht daran gedacht, Entwarnung zu funken. Marie ging offenkundig dasselbe durch den Kopf, entnahm er ihrem schuldbewussten Blick.

„Ah, schon alles gut?", fragte Tiano aber nur und war offenkundig hoch erfreut über den glücklichen Ausgang.

Petersen nickte entschuldigend und fragte „Habt ihr hier auf der Insel eine Arrestzelle?"

„Ja, haben wir", war Tianos Antwort. Dann sagte er zum Einbrecher gewandt, „Guten Tag, Herr Baumgarten! Dürfte ich Sie zu uns auf die Wache einladen?"

„Noch eine Wohnung mehr zu durchsuchen", seufzte Petersen und klopfte die Anzugtaschen des Bankers nach dessen Wohnungsschlüssel ab.

„Sie gestatten!", sagte er, als er fündig geworden war. „Die Adresse?"

Der Banker nannte sie ihm. Die Adresse der Wohnung auf Amrum, sie war nur wenige Häuser von hier entfernt, ebenso wie die auf dem Festland. Um die Wohnung hier würde sich die Spurensicherung als nächstes kümmern müssen. Die Kollegen kannten sich gut aus mit Verstecken. Wenn es hier Fotos oder Unterlagen über windige Immobiliengeschäfte gab, würden sie sie finden. Außerdem musste der Einbruch gerichtsverwertbar dokumentiert werden.

Sein Blick fiel auf ein Laptop, das neben einigen Papieren aus einer Reisetasche hervorlugte. Sie stand neben dem Schreibtisch auf dem Boden.

„Also doch nicht nur Fotos?", fragte er an Baumgarten gewandt.

Der zuckte schicksalsergeben mit den Schultern, sagte aber nichts weiter dazu. Die Papiere enthielten, wie ein erster flüchtiger Blick zeigte, vor allem Briefe und Mailausdrucke von Schriftwechseln zwischen Olufsen und Baumgarten, teils auf dem Briefbogen der Bank geschrieben. Ältere mit der Anschrift der Bank hier auf Amrum, jüngere mit der Adresse aus Wyk auf Föhr, die ganz jungen mit dem Absender der Zentrale auf dem Festland. Dann gab es noch ein paar schmale Ordner, in denen es offenkundig um Immobilienkäufe und Kredite dafür ging. Aber keine Fotos.

Petersen stellte das Laptop auf den Schreibtisch und drückte auf den Startknopf. Nach wenigen Sekunden tauchte der Startbildschirm auf, mit dem Foto eines Segelbootes – Sven liebte die „Svenja" offenkundig sehr – und einer Passworteingabe. „Svenja" tippte Petersen auf gut Glück in das Eingabefeld. Treffer! Auch Immobilienhaie konnten manchmal erstaunlich einfältig im Umgang mit Passwörtern sein.

Das Durchforsten des Gerätes würde er Leif überlassen, der war gut und schnell in solchen Dingen. Aber erst später am Tag oder morgen.

Einer weiteren Eingebung folgend zog Petersen sein Handy aus der Tasche und drückte auf die Kurzwahl für die KTU in Flensburg.

„Habt ihr die vor einer Woche gefundene Jolle Svenja noch bei euch?", fragte er den Diensthabenden. „Dann durchsucht sie doch bitte gründlich, ob ihr da versteckte Fotos und Akten findet!"

Der fassungslose Blick von Baumgarten stärkte seine Überzeugung, dass an seiner Eingebung etwas dran sein könnte. Aber ob ihn das bei den Morden weiterbringen würde...

Eine dritte Eingebung ließ ihn sich wieder an den Banker wenden. „Wo genau ist der Volvo damals gestohlen worden und wo wurde die Anzeige aufgegeben", fragte er ihn.

„Weiß ich nicht mehr so genau", war die Antwort. „So ziemlich gleich, nachdem wir aus Österreich raus waren. Brennerautobahn. Schwalbach, Schwarzbach oder so hieß das da. Eine Autobahnraststätte. Wir sind da direkt zur Autobahnpolizei gegangen, als der Wagen weg war. Wir waren nur kurz etwas essen und einen Kaffee trinken gewesen. Als wir wieder raus kamen, war der Volvo weg."

„Welche Farbe hatte der Wagen?"

„Dunkelgrün, glaube ich. Ziemlich schicke Karre. Nagelneu! Schade drum. Sven war enorm stolz auf ihn gewesen."

„Und das Kennzeichen?"

„Kennzeichen? Keine Ahnung! Was hast du nur mit diesem Volvo?"

Aber Baumgartens Gegenfrage klang für Petersen wenig überzeugend. Auch hier wusste sein Gegenüber offenkundig mehr, als es sagen wollte.

Hein brachte Baumgarten zur Wache in Nebel. Lange würden sie ihn nicht in der kleinen Arrestzelle behalten wollen;

die Kollegen von der Einsatzgruppe könnten ihn später zum Festland mit rüber nehmen. Ein Protokoll müsste aber vorher noch geschrieben werden. Komisch, dachte Petersen. Manager schreien sonst immer als erstes nach ihrem Anwalt. Dieser hier tat es sogar jetzt noch nicht. Dann schüttelte er die Gedanken an den Banker ab. Es gab Wichtigeres zu tun.

26

So dramatisch die letzten 24 Stunden verlaufen waren, so unspektakulär gestaltete sich zunächst der weitere Verlauf des Tages. Die Wohnungen wurden nun endlich durchsucht, ohne dass es dabei zu interessanten Erkenntnissen kam. Die Handyverbindungen der Opfer zeigten nichts Auffälliges und keine besonderen Parallelen. Svens Laptop gab nichts weiter her. Sören und Lars waren mit ihren Passworten sorgsamer gewesen. Bei ihnen würde es eine Zeitlang dauern, an die Daten auf den Festplatten zu kommen. Im Traktor fanden sich ein Abrieb des Volvo-Kotflügels, aber nur die Fingerabdrücke von Martin; das Blut an den Reifen stammte von Sören – der Traktor war also eindeutig das Tatwerkzeug gewesen. Bei Mara und Christine wurden Wanderstiefel beschlagnahmt; beide trugen Größe 39. Auch Kleidungsstücke nahm die Polizei mit. Die jungen Frauen waren erst empört, dann aber doch einsichtig – und zeigten sich schockiert über den Tod von Sören. Ein Alibi hatte keine von ihnen. Zwischen sieben und acht Uhr hätten sie im Bett gelegen. Allein. Heike, die Gelegenheits-Prostituierte, war seit gestern bei Freunden in Hamburg und hatte ein überprüfbares Alibi.

Die von Baumgarten in Svens Wohnung zusammengesuchten Unterlagen hatte Petersen sich selbst vorgenommen. Hier ging es um Kreditanträge und –vergaben, Kaufobjekte, Wertbestimmungen, Einkommensnachweise... das würden die Experten im Dezernat durchsehen und vielleicht direkt mit der Bank auf Ungereimtheiten hin überprüfen müssen. Eine Bedeutung mussten sie haben, sonst hätte der Banker sie nicht in seine Tasche gepackt. Bei der Suche nach Svenja und Clara gab es noch keine Rückmeldungen; hier wurde die Arbeit auch dadurch beeinträchtigt, dass heute Sonntag war.

Die Autobahnpolizei in der Raststätte Schwarzbach zeigte wenig Begeisterung dafür, im Keller alte Akten nach einem 1995 gestohlen gemeldeten Volvo zu durchwühlen, versprach aber, es zu tun. Die Fährgesellschaft hatte in den letzten zwölf Monaten mehrere Dutzend solcher Fahrzeuge auf die Insel und von ihr weg gebracht, obwohl die Marke schon seit vielen Jahren nicht mehr hergestellt wurde. Drei davon gehörten Insulanern, die anderen Gästen. Die Farben der transportierten Autos wurden im Computer nicht vermerkt, und von den Decksleuten konnte sich keiner bewusst an einen dunkelgrünen Volvo erinnern. Leif ließ sich die Namen und Anschriften aller Halter und die Kennzeichen durchgeben. Die auf der Insel würden sie selber in Augenschein nehmen, die auf dem Festland durch Kollegen überprüfen lassen. Leider waren auch zwei Volvos aus der Schweiz und einer aus Österreich dabei. Da würde es komplizierter werden. Andererseits waren gerade diese für den Fall vielleicht besonders interessant, denn Sven hatte den Diebstahl damals unmittelbar hinter dem Grenzübergang zu Österreich gemeldet.

27

Petersens Telefon klingelte. Es war die KTU. Sie hatten zwar keine Dokumente, aber tatsächlich Fotos auf der „Svenja" gefunden. Sie waren in einem Plastikbeutel hinter eine kaum erkennbare Klappe geklebt und zeigten einen jungen erwachsenen Mann und ein offenbar sehr, sehr junges Mädchen in einer Dünenlandschaft. Beide waren vollkommen nackt und bei eindeutig sexuellen Handlungen.

Petersen ließ sich die Bilder auf sein Handy spielen. Er erkannte beide Personen und wusste auch ungefähr, wie alt sie waren, als die Fotos gemacht wurden. Ja, das war tatsächlich etwas, womit man den Filialleiter einer Bank über einen langen Zeitraum hinweg unter massiven Druck setzen konnte. Die Bilder hätten ihm eine empfindliche Gefängnisstrafe eingebracht und seine Karriere unter Garantie für immer zerstört.

Damit rückte Baumgarten wieder weit nach oben auf der Liste der Mordverdächtigen, zumindest im Fall des toten Sven Olufsen. Vielleicht hatte man es hier, Volvo oder nicht, ja doch mit mehr als nur einem Mörder zu tun. Oder Baumgarten hatte eine Helferin. Vielleicht ja sogar das Mädchen, das da mit ihm auf den Fotos zu sehen war. Sie würden auch sie finden und befragen müssen. Angezeigt hatte sie Baumgarten damals offenkundig nicht, sonst hätte es die Erpressung nie gegeben.

Petersen informierte die Kollegen über diese neue Entwicklung des Falls; Hein sollte dem Verdächtigen gegenüber aber noch nichts erwähnen. Das wollte er später selber tun.

Die Suche nach dem Mädchen, das heute natürlich eine erwachsene Frau war, gab ihm einen Grund, zur Mittagszeit bei Tante Lizzy reinzuschauen. Er fragte telefonisch, ob es ihr passen würde. Sie antwortete, sie hätte gerade Steaks besorgt und würde schnell ein paar Bratkartoffeln dazu machen und einen Salat.

„Bringst du Kollegen mit?", fragte sie, aber Petersen wollte lieber allein zu ihr kommen.

Er lehnte das Rad an den Fahrradschuppen, und als er die Küche betrat, brutzelten dort bereits die Bratkartoffeln und Steaks in der Pfanne.

„Bring doch schon mal die Salate nach draußen", sagte Lizzy nach seinen Begrüßungsküsschen. „Magst du ein Bier dazu?"

Hark schüttelte den Kopf.

„Alkoholfrei?!"

Hark nickte dankbar.

Lizzy hatte den Tisch auf der Terrasse bereits gedeckt. Nach Westen und Norden durch das Haus geschützt, stand er einladend in der Mittagssonne. T-Shirt-Bedingungen mit Blick auf das Wattenmeer, wo jetzt, bei Flut, zu Petersens Bedauern nur wenige Vogelschwärme auszumachen waren. Die Knuts, die hier im Frühjahr zu Tausenden einfielen, bildeten ihre faszinierenden, ständig die Form wechselnden Wolken überwiegend dann, wenn das Meer trockengefallen war. Dann flogen sie von einer Stelle zur nächsten und fraßen sich auf dem Wattboden den Speck für die Weiterreise zu den Brutplätzen im Norden an.

Mit Steaks, Bratkartoffeln und einem alkoholfreien Bier kam Tante Lizzy wenige Minuten später heraus.

„Wie ich höre, habt ihr jetzt noch zwei Tote mehr", sagte sie gerade heraus. „Tut mir leid, mein Junge! Vor allem Sören soll ja übel zugerichtet worden sein."

Hark nickte bestätigend. Der Inselfunk war oftmals schneller als der Polizeifunk.

„Und den Banker Baumgarten habt ihr verhaftet."

Auch das hatte sich offenkundig schon herumgesprochen.

„Stimmt," bestätigte Hark. „Aber ob er mit den Morden zu tun hat, könnte ich dir nicht sagen. Gib doch bitte in die Runde, dass wir ihn wegen etwas ganz anderem festgenommen haben."

„Okay", nickte Tante Lizzy. „Mache ich. Und wegen was?"

Hark zeigte ihr die Fotos. „Das aber bitte nicht zum Weitergeben!"

„Ach du Schande!" Lizzy war nicht leicht aus der Fassung zu bringen, aber diesmal musste sie heftig schlucken. „Das ist der Markus Baumgarten in jungen Jahren, und, mein Gott, was treibt er da mit der kleinen Nicola!"

Baumgarten und Nicola. Lizzy bestätigte genau das, was er selbst auf den Fotos erkannt hatte.

„Kannst du abschätzen, wann das war und wie alt Nicola zu dem Zeitpunkt gewesen sein muss?", fragte Hark.

Lizzy nickte: „Das kann ich dir genau sagen. Naja, zumindest fast. So um die 13 oder 14 muss sie da gewesen sein."

Auch das deckte sich mit Harks Erinnerungen. Nicola war, neben ihm, eine der wenigen, die in ihrer Jugend eine etwas engere Beziehung zu Sven und Svenja aufgebaut hatten. Seinerzeit war sie oft dabei gewesen, wenn er sich mit den beiden getroffen hatte. Einige Monate nach dem Zwischenfall mit Sven beim Biikebrennen, in den Sommerferien, hatte er sich mit Nicola in einer ähnlichen Situation befunden, wie sie hier auf den Fotos zu sehen war. Nur war er ungefähr im selben Alter gewesen wie das Mädchen. Baumgarten hingegen war bereits Mitte zwanzig und ein Mann, der im Berufsleben Fuß gefasst hatte.

„Weißt du, was aus Nicola geworden ist?", wollte Hark von seiner Tante wissen.

„Nicola Sörensen? Ja klar!", antwortete die. „Sie lebt immer noch oder, besser gesagt, wieder hier auf Amrum. Keine hundert Meter von hier, übrigens. Da, wo früher die Olufsens gewohnt haben. War dreimal verheiratet, ist jetzt seit einem Jahr zum dritten Mal geschieden. Eine wirklich nette Frau, sehr gebildet und engagiert, nur vielleicht etwas unstet in ihren Beziehungen. – Aber jetzt lass das Essen nicht kalt werden."

Hark ließ sich Steak, Bratkartoffeln und Salat schmecken, genoss das kühle alkoholfreie Bier und die warme Mittagssonne im Windschatten des Hauses. Er blickte der Zwölf-Uhr-Fähre hinterher, die gerade in Richtung Föhr aus dem Sichtfeld entschwand, und genoss den Augenblick. Fünfzehn Minuten herrlichste Urlaubsstimmung mit einem seiner liebsten Menschen auf dieser Welt.

Dann kehrte, leider Gottes, der Arbeitsalltag in sein Leben zurück. Er dankte Lizzy, die ihm verwehrte, beim Abräumen zu helfen, fragte nochmal nach, wo Nicola jetzt wohnte, und beschloss spontan, dort zu klingeln. Im Gehen wandte er sich zu seiner Tante um.

„Du kannst dich nicht zufällig an das Autokennzeichen von Svens erstem Volvo erinnern?", fragte er.

„Volvo? Du weißt ja: ich und Automarken", antwortete sie. „Aber sein erster Wagen trug das Kennzeichen NF-SO 1. Das kann dir jeder hier auf der Insel sagen. Inzwischen ist er vermutlich bei NF-SO 126 angekommen."

„Okay", dachte Petersen, „das Kennzeichen kannte hier jeder auf der Insel. Nur Baumgarten, der zusammen mit Sven in diesem Auto nach Italien gefahren war, angeblich nicht." Auch darauf würde er den Banker gleich in seiner Arrestzelle ansprechen wollen. Er rief auf der Wache an: „Hein, behaltet den Baumgarten noch mal bei euch. Ich habe noch ´ne Menge Fragen an ihn. Bin in einer Stunde da."

28

Die Klingel von Nicola Sörensen war die oberste an einem von Rost zerfressenen Klingelbrett, das neben einer schmalen Haustür mit gelblich getönten Scheiben und abblätternder Farbe angebracht war. Er drückte zweimal auf den Knopf. Es dauerte eine Weile, bis der Türsummer betätigt wurde. Ein düsteres, leicht moderig riechendes, verwinkeltes Treppenhaus mit mehreren Türen tat sich vor ihm auf. Er folgte ihm, von der Position des Klingelknopfes inspiriert, die Treppe nach oben in den ersten Stock. Dort war eine Tür einen Spalt weit geöffnet.

„Du bist früh! Komm' rein", rief es von innen. „Ich muss mir nur schnell etwas anziehen."

Petersen drückte die altersschwache Tür zur Seite.

„Wie sich Wohnungen auf Amrum doch unterscheiden können", dachte er in Erinnerung an die dramatische Situation, in der er wenige Stunden zuvor eine ebenfalls leicht offen stehende Tür aufgeschoben hatte. Auch der Flur dahinter entsprach nicht dem, was er im Wohnhaus von Sven gesehen hatte. Allerdings reflektierte er auch nicht das, was Eingangstür und Hausflur hätten erwarten lassen. Die Wohnung, die sich vor ihm auftat, war klein, aber sehr gepflegt, durchaus hell und ansprechend eingerichtet. Wie bei Sven gab es links vom Eingang eine Garderobe, rechts einen Spiegel, allerdings keinen Buffetschrank, sondern nur ein kleines, bescheidenes Schuhregal. Sein Blick fiel auf sandige Wanderstiefel, die dort abgestellt waren. Größe 39, schätzte er.

In Bruchteilen von Sekunden glitt seine Hand zum Gürtelholster. Zum zweiten Mal an diesem Tag verwuchs seine Walther P99 mit der rechten Hand und richtete sich genau in dem Moment nach vorn, als eine schlanke, schöne Frau mittleren Alters mit um die Haare gebundenem Handtuch aus der Badezimmertür trat. Sie schrie auf, ließ die Bürste aus der Hand fallen und wich langsam an die Wand zurück. Kreidebleich im Gesicht, fühlte sie offenkundig ihr Leben bedroht.

Petersen hingegen wurde puterrot, senkte die Pistole und entschuldigte sich stammelnd.

„Polizei. Pardon! Reine Vorsichtsmaßnahme. Keine Gefahr! Wollte Sie nicht erschrecken. Hatte mich nur selber gerade erschrocken. War ein aufregender Tag. Sind Sie, bist du, Nicola? Ja, klar, sehe ich. Hast dich kaum verändert. Ich bin's. Hark. Hark Petersen. Bin gerade drüben bei Tante Lizzy und wollte mal hallo sagen."

Nicola starrte ihn irritiert an, gewann aber bereits ihre Souveränität zurück.

„Äh, naja, wie du meinst. Dann mal hallo! Lange nicht gesehen", sagte sie. „Wenn du das bei allen Leuten so machst mit dem Hallo, pflastern sicherlich eine Menge Leichen deinen Weg. Wenn nicht mit Schusswunden, dann doch mit Herzinfarkt. Und was soll ich jetzt machen? Die Hände hoch nehmen oder dir einen Kaffee kochen?"

Petersen überflog Nicolas Kleidung nach möglichen Waffen. Aber alles war so eng anliegend und eindeutig waffenfrei, dass er sich spontan für den Kaffee entschied und die P99 in ihr Holster zurückgleiten ließ. Wachsam blieb er dennoch. Gut möglich, dass ihm hier die eine Hälfte eines mit Baumgarten verbandelten Mörderduos gegenüber stand. Sie hatte den Banker nie wegen der Situation auf den Fotos angezeigt. Das konnte vieles, aber auch gar nichts heißen.

Nicola wies ihn in das Wohnzimmer geradeaus, ging selbst in die winzige Küche direkt daneben und setzte einen Kaffee auf. Vom nicht sehr geräumigen, aber zweckmäßig und gemütlich eingerichteten Wohnzimmer ging noch eine Tür ab, durch die man in ein kaum sechs Quadratmeter großes Schlafzimmer schauen konnte. Ein großes Bett füllte mehr als die Hälfte des Raumes. Es war noch von der Nacht zerwühlt, wie es aussah aber wohl nur von einer Person. Alles in allem mochte die Wohnung um die 30 Quadratmeter haben, bot aber offenkundig alles, was eine Einzelperson so zum Leben brauchte. Er nahm auf der Sofabank auf der Fensterseite Platz. Die Bank hatte Schubladen unter der Sitzfläche und würde als Schlafstatt herhalten können, wenn man die Rückenlehnen zur Seite legte. „Optimale Platzausnutzung", bewunderte er.

Nicola deutete seinen Blick richtig, als sie mit dem köstlich duftenden Kaffee hereinkam.

„Auf Amrum lebt es sich schön", sagte sie, „aber teuer. Wenn du hier kein Elternhaus geerbt hast, konkurrierst du mit Feriengästen um den Wohnraum. 700 Euro für 30 Quadratmeter sind da schon ein Schnäppchen. Und das kriegst du auch nur, wenn du für das ganze Jahr mietest."

Petersen kannte die Probleme, die die horrenden Mieten für Insulaner aufwarfen, die in ihrer Heimat bleiben oder hierher zurückkommen wollten. Oder auch für Gastronomen und Einzelhändler, deren Saisonkräfte irgendwo unterkommen mussten. Ausschließlich am schnellen Geld interessierte Immobilienhaie wie die Olufsens hatten die Preise hier enorm nach oben getrieben. Aber auch und vor allem die großen Maklerfirmen von außerhalb waren dem Goldrausch gefolgt und hatten nach dem Motto „irgendein Dummer steigt irgendwann von der Fähre und zahlt das" selbst vollkommen absurd erscheinende Verkaufspreise erzielen können. Dabei musste der Besitzer, der sich an sie gebunden hatte, allerdings teilweise Jahre lang darauf warten, dass dieser „Dumme" kam. Eine Lösung des Dilemmas fiel den Insulanern ebenso wenig ein wie den Regierenden in den boomenden Großstädten auf dem Festland, die gerade eine ähnliche Mietpreisentwicklung mitmachten. Hamburg, München, Berlin... sie alle schienen rat- und machtlos gegen diese von kleinem Angebot und großer Nachfrage getriebene Entwicklung.

Der Kaffee war gut und genau das Richtige nach dem Mittagessen.

„Was treibt dich denn nun wirklich her?", kam Nicola zur Sache, nachdem sie ein wenig über die Wohnraumsituation auf der Insel geplaudert hatten. „Der Mord an Lars?"

Von den anderen beiden Toten hatte sie noch nichts mitbekommen, wie es schien. Oder vielleicht wollte sie auch nur diesen Anschein erzeugen.

„Nicht direkt", antwortete Petersen. „Kennst du einen Markus Baumgarten?"

„Den Banker?", fragte sie zurück. „Kennen wäre zu viel gesagt. Ich bin ihm hin und wieder mal bei Veranstaltungen über den Weg gelaufen. Meist war er mit Sven da. Und meistens machte er sich aus dem Staub, wenn ich auf Sven zuging. Keine Ahnung, was der gegen mich hat. Wieso fragst du?"

Petersen zog sein Smartphone aus der Tasche und zeigte ihr die Fotos.

„Ach du Sch...", entfuhr es ihr, und sie nahm das Handy in die Hand. „Wo kommen die denn her? Wieso gibt es denn solche Bilder? Das muss ewig her sein. Hatte ich schon völlig vergessen! Ja, klar, das war der Baumgarten. Irgendwie ziemlich eklig, wenn ich das jetzt im Nachhinein so sehe."

„Du warst 13?", fragte der Kommissar.

„Auf keinen Fall", antwortete die Frau. „Mit 13 war ich noch sehr zurückhaltend. Lass mich nachdenken... Das muss im selben Jahr gewesen sein, in dem wir was miteinander hatten. 14 war ich da, sah aber aus wie 17. Du übrigens auch. Naja, zumindest hatte der Baumgarten mir glauben wollen, als ich ihm gesagt habe, dass ich 17 bin."

„Du warst freiwillig mit ihm zusammen?", wollte Petersen wissen.

„Mehr als das. Ich hab' ihn ganz penetrant angebaggert. Sven hatte mich darum gebeten und mir 20 Mark dafür gegeben, dass ich mich auf Baumgartens Geburtstagsfeier am Strand an ihn ranmache. Ich dachte, das sollte so eine Art Geburtstagsgeschenk sein. Sven wollte, dass ich mit ihm in den Dünen verschwinde – an eine ganz bestimmte Stelle übrigens – und dann splitternackt ein bisschen mit ihm rummache. Mehr war dann auch nicht. Ich war an meinem siebzehnten Geburtstag noch Jungfrau, das kannst du mir glauben. Mit Baumgarten war es auch nur dieses eine Mal."

Die Frau setzte sich zurück und dachte nach. „Verdammt", meinte sie dann, „Glaubst du, dass Sven diese Fotos gemacht hat. Ja, klar hat er das. Aber wozu nur? Er hat nie irgendein besonderes Interesse an mir als Mädchen gezeigt. Ist der ein gestörter Spanner oder so?"

„Wie es aussieht hat er Baumgarten über die ganzen Jahre hinweg mit diesen Fotos erpresst", erklärte der Kommissar. „Du hast nichts davon gewusst?"

„So ein Lumpenschwein!" Nicola war die Wutröte ins Gesicht gestiegen. „So eine verdammte Drecksau! So was kann der doch mit mir nicht machen. Das wird ihm noch leidtun. Das schwöre ich dir!"

„Er ist tot", eröffnete Petersen ihr. „Wir haben seine Leiche heute Morgen gefunden. Und die von Sören. Wo warst du zwischen sieben und acht?"

„Hey, was soll denn das jetzt? Ich war das ganz bestimmt nicht! Hab' doch gerade eben erst davon erfahren. Und wieso Sören? Was hat der denn damit zu tun?"

Dann hielt sie kurz inne und sagte in schon viel ruhigerem Ton. „Ich war hier. Im Bett. Allein. Und ich habe niemanden umgebracht!"

„Ist ja gut", beruhigte Petersen. „Wir müssen das jeden fragen, der in Frage kommt. Und ich muss auch ein paar Sachen von dir mitnehmen. Könntest du mir mit zwei oder drei Müllbeuteln aushelfen? Wanderstiefel, Jacken... du bekommst alles in ein paar Tagen zurück."

Dann bedankte er sich für den Kaffee, sah kurz in die Waschmaschine – sie war leer und im Badezimmer nur ein Pyjama – und füllte die Müllbeutel.

„Wir werden gegen Baumgarten ein Ermittlungsverfahren wegen Förderung sexueller Handlungen mit einer Minderjährigen einleiten. Es wäre gut, wenn du meinen Kollegen dafür später oder morgen deine Aussagen zu Protokoll geben könntest", kündigte Petersen an.

„Muss das sein? Ist mir verdammt unangenehm, außerdem eh längst verjährt", entgegnete sie.

Petersen zuckte mit den Schultern. Im Grunde genommen hatte sie Recht. Strafbar nach Gesetz war daran ohnehin nur die Sache mit den Fotos, und die konnte man Baumgarten nun ja wirklich nicht anlasten. Im Gehen wandte er sich noch einmal kurz um.

„War wirklich schön, dich wiederzusehen", sagte er und meinte es so. „Tut mir leid, dass es unter diesen Umständen war!"

Sie lächelte warm zurück und winkte verhalten einen Abschiedsgruß.

Im Hausflur hörte Petersen, wie Nicolas Klingel geläutet wurde. Der Türsummer ertönte und eine ältere, rundliche Frau kam ihm entgegen.

„Guten Tag Frau Sörensen", grüßte er. „Nicola ist oben. Muss sich aber noch die Haare machen, ich habe sie aufgehalten."

Die Frau blickte ihn befremdet an, während sie sich an ihm und den Beuteln in seinen Händen vorbeischob. Er blickte Nicolas Mutter nach. Vom Aussehen und Namen her könnte sie eine Schwester von Svens Haushälterin sein. Aber sie trug keine Wanderstiefel und sie hatte sehr kleine Füße, stellte er erleichtert fest.

29

Die Fahrradfahrt zur Wache dauerte ein paar Minuten länger als am frühen Morgen. Um die Bäckerei herum wuselten Autos, Fahrräder und Fußgänger durcheinander. Ein Teil von ihnen war übervorsichtig, während ein anderer Teil in entspannter Urlaubsstimmung völlig spontan dorthin strebte, wohin es ihm gerade einfiel. Auch um die Post herum und beim Fahrradverleih tobte das Leben.

Vor der Polizeiwache hatte sich ebenfalls eine beachtliche Menschentraube angesammelt. Petersen konnte zwei Fernsehteams ausmachen, einen Mann und eine Frau mit professioneller Fotoausrüstung und mehrere Personen, überwiegend Männer, mit Umhängetaschen. Der Fall hatte natürlich bereits die regionale und angesichts der spektakulären Mehrfachmorde auch die überregionale Presse auf den Plan gerufen.

Petersen hielt in der von Bäumen gesäumten Einfahrt und rief Tiano über Handy an. „Jede Menge Presse vor eurer Tür", sagte er. „Habt ihr denen schon etwas erzählt?" ... „Okay, dann gebe ich ihnen ein paar Brocken und bitte um einen Zeugenaufruf."

Noch während er telefonierte, war er entdeckt worden. Einige der Presseleute kannten ihn von früheren Fällen, die anderen folgten dem Schwarm, und binnen Sekunden war er von Fragenden umdrängt.

„Drei Morde ... offenkundig Zusammenhang ... alle drei Amrumer und im Immobiliengeschäft ... Ermittlungen noch am Anfang ... Wer etwas Verdächtiges gesehen hat, möge sich umgehend bei der Polizei melden."

Mehr konnte und wollte er zu diesem Zeitpunkt nicht preisgeben. Der Pulk würde ohnehin ausschwärmen und sich mit O-Tönen von Beteiligten und Selbstinszenierern sein gut zu kommunizierendes eigenes Bild machen.

Die Polizeikollegen waren inzwischen alle in die Wache zurückgekehrt und in beschlagnahmte Papiere, Computer und

Handydaten vertieft. Das meiste ergab keine Auffälligkeiten, lediglich einige Prozessakten aus jüngerer Vergangenheit bescherten ihnen ein paar weitere Verdächtige. Eine Familie aus der Pfalz hatte gegen Sven geklagt, weil er ein Jahr, nachdem er ihnen für eine horrende Summe ein „Haus mit Blick aufs Wattenmeer" verkauft hatte, zwischen ihnen und dem Watt eine ganze Häuserreihe hochzog. Aber in allen schriftlichen Unterlagen stand nur „unverbauter Blick", nicht „unverbaubarer Blick". Der Prozess ging verloren, und es war wohl zu Tumulten im Gerichtssaal gekommen.

Ein italienischer Gastronom hatte gegen Sören geklagt, weil die Küche und die sanitären Anlagen im von ihm gemieteten Restaurant über Monate nicht funktionierten und er deswegen Insolvenz anmelden musste. Hier war noch kein Urteil ergangen.

Bei Lars waren es eine Klage wegen Hausschwamm und eine wegen Schimmel, die beide für die Klagenden verloren gegangen war. Hier ging es um Schäden im jeweils hohen fünfstelligen Bereich, auf denen die Kläger sitzen blieben.

„Wutmotive, wohin man schaute", dachte Petersen. „Aber wirkliche Mordmotive?" Die sahen seiner Erfahrung nach anders aus.

Über die Aufenthaltsorte von Clara und Svenja hatten die Kollegen noch nichts herausfinden können. Aber die Autobahnpolizei hatte die Akte zur damaligen Anzeige von Sven Olufsen gefunden. Ihm sei ein nagelneuer dunkelgrüner Volvo 850 mit Kennzeichen NF-SO 1 gestohlen worden, hieß es darin. Die Polizisten, die die Anzeige aufnahmen, hatten arge Zweifel daran gehabt, dass es sich wirklich so abgespielt haben sollte, wie der Anzeigende es ihnen erzählte, stand im Protokoll. Der Hergang war nicht plausibel, und im Mercedes, mit dem, wie es hieß, ein Teil der Begleiter von Olufsen unterwegs war, stand eine Reisetasche mit großen SO-Initialen auf der Rückbank. „Gehört Sören", war die lapidare Antwort, die sich als Lüge herausstellte, als die Beamten den Inhalt überprüften.

Aber letztlich konnten sie dann doch nur die Anzeige aufnehmen, die sie mit einem entsprechenden Vermerk der Versicherung zur Verfügung stellten.

30

Petersen ließ Baumgarten aus der Zelle holen und setzte sich ihm, gemeinsam mit Tiano, am großen Tisch der Wache gegenüber. Einen Verhörraum gab es hier auf Amrum nicht.

„Haben Sie uns inzwischen etwas zu sagen?", begann er das Verhör.

Baumgarten war kreidebleich, seine verneinende Kopfbewegung war kaum wahrnehmbar. Petersen zeigte ihm die Fotos mit Nicola.

„Ist jetzt eh alles egal", knurrte der Banker, aber dann kam doch ein wenig Leben in ihn zurück. „Dieses Miststück, dieser miese Kerl. Voll abgelinkt haben sie mich. Siebzehn ist sie, hat sie gesagt. Sah auch echt nicht wie dreizehn aus. Kannst du doch selbst sehen! Außerdem war viel weniger los als es hier aussieht. All die Jahre haben sie mich deswegen wie eine Marionette tanzen lassen. Baumgarten tu dies, Baumgarten tu das! Wenigstens damit ist's jetzt vorbei."

„Nicola hat Sie auch erpresst?", fragte Petersen.

„Ja klar! Oder, naja, nicht so direkt. Aber die wird schon ihren Teil davon abgekriegt haben; wohnt ja auch in einem der Häuser von Sven. Und ihre Tante putzt bei dem. Du kannst mir das aber nicht mehr anhängen. Ist längst verjährt. Und meine Bankkarriere ist jetzt eh für`n Arsch."

„Sven war damals gerade mal vierzehn", hakte Petersen nach. „Was sollten Sie damals für ihn tun? Wollte er Geld?"

„Erst mal war gar nichts", antwortete der Banker. „Jahrelang nicht. Aber dann, da war er um die 20 und eigentlich schon zum Studium weg, kam er eines Tages zu mir in die Bank. Ich war da schon zwei Jahre Chef hier auf Amrum. Einen Kredit wollte er haben, um eine der heruntergekommenen Villen an der Oberen Wandelbahn zu kaufen. Sein schäbiges Elternhaus sollte für die Hypothek herhalten. Geld hatte er überhaupt keines. ‚Bei aller Freundschaft`, hab' ich gelacht. ´So geht das nicht.` Und er hat zurück gelacht und ´Wetten, dass doch!` gesagt. Und dann hat er mir die Fotos gezeigt. Ich sagte ´Na, und? Was soll der Scheiß. Das war weit vor meiner Frau.` Und er sagt ´Die Kleine war dreizehn.` Da ging das Ganze dann los. Hunderttausend musste ich ihm aus eigener Tasche zustecken, um den Kredit der Bank gegenüber überhaupt plausibel zu machen. Meine ganzen Ersparnisse! Bei den heutigen Geldwäsche-Maßnahmen wäre das nicht mehr so einfach möglich gewesen. Ich habe den Kredit für ihn durchgedrückt, und er hat der Bank jeden Cent zurückgezahlt. Mir übrigens auch. So lief das dann bei allen Geschäften in den letzten 25 Jahren. Die Sicherheiten waren oft jenseits von Gut und Böse, aber die Bank hat immer gut daran verdient. Amrum boomt."

„Ihren Chefs wird das trotzdem nicht gefallen?", fragte Petersen.

„Bei denen ist für mich eh alles gelaufen", resignierte Baumgarten. „Allein schon durch den Einbruch. Sie werden aber jetzt auch sehr genau die Kreditvergaben der letzten 25 Jahre anschauen. Ich werde nicht mal mehr den Fußweg vor einer Bank fegen dürfen. Ist doch ganz einfach, ich hab gegen das oberste Bankengesetz verstoßen: Lass dich niemals erwischen!"

„Wo waren Sie am Sonntag, 9. April?", wollte Petersen wissen.

„Ich habe mit dem Mord an Sven nichts zu tun", antwortete der Banker. „Ehrlich! Ich hätte gute Gründe gehabt, zugegeben, aber die gab es eher vor 25 Jahren als jetzt, wo sich alles ziemlich eingeschliffen hatte. Ist er am Neunten umgebracht worden? Da war ich mit meiner Frau zum Skifahren in Lech. Dafür gibt's Dutzende Zeugen."

Als Mörder von Sven Olufsen schied Baumgarten damit zeitlich ebenso aus wie – von den Fußabdrücken her gesehen

– als Mörder von Sören. Aber ganz wollte Petersen diesen Faden noch nicht aufgeben. Er könnte mit einer Komplizin zusammengearbeitet haben. Zum Beispiel mit Nicola. Oder der mysteriösen Mareike, die da irgendwie mit drin hing. Oder mit den jetzt üppig erbenden Geschwistern: mit Mara und Christine. Oder dieser Clara, die sie immer noch nicht aufgetrieben hatten. Und dann dieser Volvo...

„Warum haben Sie mich mit dem Volvo angelogen?" fragte der Kommissar streng. „Das Autokennzeichen war vielen Amrumern bekannt. Sie waren darin zusammen mit Sven nach Italien gefahren und auch beim Diebstahl als Zeuge dabei! Hatten vermutlich sogar den Kredit dafür bewilligt. Warum erinnern gerade Sie sich nicht daran? Und warum sind Sie überhaupt mit nach Italien gefahren? Freundschaft wird's ja wohl kaum gewesen sein!"

Baumgarten rutschte unruhig auf seinem unbequemen Holzstuhl hin und her. Bei der Frage nach dem Volvo reagierte er ganz offenkundig emotionaler als bei allem anderen.

„Hab' ich vergessen", sagte er schließlich. „Ist verdammt lange her." Und dann kam das, womit Petersen längst gerechnet hatte. „Ich will 'nen verdammten Anwalt. Ich sag' hier kein Wort mehr."

Der Banker wollte die Erinnerungen an damals nicht aufwärmen. Sie verfolgten ihn seit jenem furchtbaren Italien-Trip vor 22 Jahren ohnehin pausenlos bis in seine Träume hinein. Jetzt könnte endlich Ruhe sein. Alle Beteiligten waren tot. Außer ihm. Und außer Svenja, vielleicht!

31

Der dunkelgrüne Volvo 850 bog langsam in einen staubigen Sandweg ein, der links und rechts von dornigen Büschen und halbhohen Akazienbäumen gesäumt war. Der Weg führte bergauf in ein Wäldchen. Obwohl es erst früher Vormittag war, flirrte bereits die Hitze in der trockenen Luft Süditaliens.

Keine Wolke war am Himmel zu sehen. Der Tag würde noch heißer werden als die Tage zuvor. Den fünf Männern im Fahrzeuginneren konnte das aber gerade egal sein. Das Auto war der ganze Stolz von Sven und seine Klimaanlage arbeitete gut.

„Was zum Teufel mache ich hier nur mit diesem Haufen menschlichen Abfalls mitten in einer brodelnd heißen Einöde", dachte Markus Baumgarten, der eingequetscht von Lars auf der linken und Sören auf der rechten Seite auf der Rückbank saß.

Aber es war klar, was er hier im spärlich bewohnten Süden Italiens, irgendwo zwischen Salerno an der West- und Bari an der Ostküste machte. Sven hatte ihn ganz einfach gezwungen mitzukommen. Verfluchte Fotos, verfluchte Kreditmauscheleien!

Zuerst hatte Sven ihn gegen alle Bankgeheimnisse verstoßen lassen, um rauszukriegen, wohin Svenja geflohen war. Das ging recht einfach über Geldautomaten und eine Überweisung an einen Vermieter. Dann hatte er sogar selber noch mitfahren müssen, weil Sven ihm nicht vertraute.

Die Baseballschläger, die Lars und Sören mitbrachten, als sie vorhin aus dem Mercedes ihres Vaters in den Volvo umgestiegen waren, ließen ihn nichts Gutes ahnen. Auch Karl, der sich auf dem Vordersitz breit machte, hatte so ein Ding dabei. Alle waren in Gröllaune wie ein Haufen Hooligans auf dem Weg zu einem Fußballspiel in der gegnerischen Stadt.

Markus war sich sicher: Er war definitiv zur falschen Zeit am falschen Ort. Er konnte nur hoffen, dass Svenja und ihr mutmaßlicher Geliebter bereits abgereist waren.

Der Weg war holprig und wurde immer enger. Steil ansteigend führte er jetzt in das lichte, von Unterholz durchdrungene Waldgebiet hinein, einen steilen, aber nicht sehr tiefen Abhang entlang, dann wieder leicht nach unten.

„Hier muss das irgendwo sein", sagte Karl, der vor ihrem Aufbruch Detailkarten von der Gegend gekauft und studiert hatte. In solchen Dingen war er gut. „Ein nicht sehr großes

Haus, mitten im Nirgendwo." ... „Aber nur, wenn der Herr Bankier uns nicht einen gewaltigen Bären aufgebunden hat", sagte er mit einem bedrohlichen Blick nach hinten.

Markus verzog das Gesicht, gab aber sonst keine Erwiderung. „Hätte ich nur!", dachte er still für sich. Dafür aber war es jetzt zu spät. Er hatte auch keine Ahnung, was das Ganze sollte. Svenja war erwachsen und hatte sich längst äußerlich und innerlich von ihrem Bruder distanziert. Aber immer noch tyrannisierte er sie, hielt alle anderen von ihr fern, tauchte selbst an ihrem Studienort immer wieder auf wie ein wildgewordener Stier. „Total psychotisch!"

„Was, ich?", brüllte Karl wütend von vorne.

Offenbar hatte Markus seine letzten Gedanken versehentlich laut ausgesprochen. Na, sollte der Alte das doch denken. Hauptsache Sven kriegte nichts mit.

Der Wagen passierte eine hohe Steinmauer mit einem morschen, weit offen stehenden Holzgatter und rollte auf eine Freifläche mit spärlichem, niedrig stehendem Grasbewuchs auf einem sandigen und steinigen Untergrund. Dahinter ein gedrungenes, altersschwaches Haus aus großen Felsblöcken, dessen Fugenmörtel bereits an vielen Stellen bröckelte. Auf der Veranda davor war ein Esstisch gedeckt; eine junge Frau und ein junger Mann saßen beim Frühstück und schauten überrascht auf, als der Volvo kurz hinter dem Gatter in einiger Entfernung von ihnen hielt.

Sven war von einem Augenblick zum nächsten puterrot angelaufen und nicht mehr wiederzuerkennen. „Schnappt ihn euch", brüllte er ins Wageninnere, griff sich den Baseballschläger, der lose angelehnt zwischen Karls Beinen stand und sprang aus der Tür. Lars und Sören taten es ihm gleich, Karl, gerade ungefragt entwaffnet, folgte etwas gemächlicher.

Markus blieb wie erstarrt auf der Rückbank sitzen. Seine Augen kreuzten den entsetzten Blick von Svenja, die aufgesprungen war und dabei beinahe den Tisch umgeworfen hatte.

„Lauf!", schrie sie dem jungen Mann neben sich zu. „Lauf, verdammt noch mal, lauf!"

In den jungen, blonden Mann kam Bewegung. Er spurtete los, weg von den Männern mit den Knüppeln und schräg nach rechts in Richtung Wald. Mühelos und ohne abzubremsen übersprang er die fast einen Meter hohe Mauer, die das Grundstück umgab, und war in Sekundenbruchteilen im Unterholz verschwunden.

„Hinterher!", brüllte Sven Lars und Sören zu. „Schnappt ihn euch! Ich schneide ihm den Weg ab. Karl, greif dir Svenja! Lass sie nicht hier weg!"

Er sprang in den Wagen und fuhr mit durchdrehenden Reifen an, ohne sich um die immer noch offen stehenden Seitentüren zu scheren oder um den Banker auf dem Rücksitz, der sich mühsam an der Kopfstütze des Beifahrersitzes festkrallte. Die beiden rechten Türen des Wagens knallten nacheinander gegen den Pfosten des Gatters, der von der ersten Tür gebrochen, von der zweiten samt Pforte aus der Halterung gerissen wurde. Die Pforte traf den Kühler des Autos und zerbarst. Bretterstücke prasselten auf die Windschutzscheibe nieder, der Scheibenwischer wurde abgerissen und flog über das Autodach davon. Ein dicker Sprung durchzog die Verbundglasscheibe, aber sie hielt. Die linke Tür hatte sich mittlerweile von selber geschlossen.

Sven ließ den 170 PS seines Kombis freien Lauf, als er dem schmalen Weg in die scharfe Rechtskurve folgte, durch die sie gerade zuvor gekommen waren. 50 Sachen, vielleicht sogar schon 60 oder 70 mussten sie jetzt drauf haben. Markus sah die vorbeirauschenden Bäume und geriet in Todesangst.

Da, direkt vor ihnen, sprang eine blonde Gestalt aus den Büschen auf den Weg, versuchte mit entsetztem Gesicht zu stoppen, als sie den herannahenden Wagen sah, versuchte dann zu beschleunigen, schaffte aber beides nicht mehr. Sven hingegen versuchte nicht zu bremsen, sondern hielt ohne jedes Zögern mit unvermindertem Vollgas direkt auf den Mann zu. Der schlug gegen den Kühlergrill, prallte auf die Frontscheibe, die nun endgültig nachgab und zerbarst, flog über den Wagen hinweg und blieb leblos auf dem Weg hinter ihnen liegen.

Fünf Meter weiter brachen Lars und Sören mit schwingenden Knüppeln aus dem Wald heraus, sahen, was passiert war, und ließen langsam und mit enttäuschten Gesichtern die Baseballschläger sinken. Blutlachen breiteten sich um den Kopf und um das Becken des am Boden Liegenden aus und färbten den umgebenden Sand in schauerlichem Rot.

Sven hatte unmittelbar nach dem Zusammenprall eine Vollbremsung gemacht. Jetzt schüttelte er die Glassplitter von sich ab wie Regentropfen und schaute durchs noch intakte Heckfenster auf die leblose Gestalt. Sein Gesicht war immer noch dunkelrot und wutverzerrt. Er war kaum noch als Sven zu erkennen. „Arschloch!", knurrte er. „Dir wird' ich's zeigen. Du lässt die dreckigen Finger von ihr!" Dann legte er den Rückwärtsgang ein und gab Gas.

„Genug!" brüllte Markus vom Rücksitz aus, aber Sven schien ihn nicht einmal wahrzunehmen. Mit voller Wucht fuhr er rückwärts gegen den Körper, schob ihn ein Stück, bis er von einer Baumwurzel gebremst und vom Wagen überrollt wurde. Erst zehn Meter weiter brachte Sven den Wagen zum stehen. Mit teuflischem Grinsen legte er den Vorwärtsgang ein und gab nochmals Vollgas. Es knallte fürchterlich, als der Wagen erneut auf den Körper traf. Der Volvo wurde angehoben, schlingerte, geriet aus der Bahn und verfehlte Lars und Sören am Wegesrand nur um Haarbreite, als er an ihnen vorbei in den Wald raste und fünfzehn Meter weiter gegen einen Baum prallte. Der Motor setze aus, es wurde plötzlich ganz still. Selbst das unendlich laute Zirpen der Zikaden verstummte für einen Moment.

„Scheiße", fluchte Sven und schien von einem Moment auf den anderen wieder zu sich zu kommen. „Verdammte, verdammte Scheiße! Das ist nicht gut. Das ist überhaupt nicht gut. Verdammte Scheiße! Was machen wir denn jetzt?"

Lars und Sören waren inzwischen beim Wagen und zogen Sven und Markus heraus.

„Alles okay?", fragte Sören eher mechanisch als besorgt. Dann schimpfte er los: „Verdammt, Alter, was war denn das da eben? Du hast den Kerl plattgemacht! Einfach platt! So war das nicht abgesprochen! Dass das ein Unfall war, kauft uns hier kein Schwein ab! Lebenslänglich in einem italienischen Knast! Hast du sie noch alle? Ey, Mann, was zum Teufel ist los mit dir?! Jetzt lass dir was einfallen!"

Markus hatte sich zitternd auf einen Baumstumpf gesetzt und eine Zigarette angezündet.

„Was ist, Banker?", rief Sven ihm zu. „Hast du die Hosen voll? Denk nach, wie wir da rauskommen. Ich hab' keine Lust hier im Knast zu versauern." Aber Markus konnte keinen klaren Gedanken fassen.

„Los, hol' deinen Vater her", befahl Sven zu Lars gewandt. „Der wird schon `ne Idee haben. Und seht zu, dass Svenja nicht abhauen kann. Fesselt sie, sperrt sie ein oder", Sven war plötzlich ganz blass und beängstigend ruhig, „dreht der Schlampe am besten gleich den Hals um!"

Während Lars zum Waldhaus zurück lief, machten sich Sören und Sven daran, die Leiche vom Weg herunter zu ziehen und im Unterholz zu verstecken. Mit abgebrochenen Zweigen versuchten sie, die Blutspuren zu verwischen, was so aber nur leidlich gelang. Schließlich schaufelten sie mit bloßen Händen kleinere Sandmengen zusammen und streuten sie über die Blutlachen, die mittlerweile in den Untergrund eingesickert und fast schon getrocknet waren. Nach wenigen Minuten sah der Weg wieder so aus, dass ein Vorbeifahrender keinen Verdacht schöpfen würde. Selbst ein Fußgänger hätte schon sehr genau auf den Untergrund achten müssen, damit ihm etwas auffiel. Zumindest bis zum nächsten starken Windstoß.

„Den Wagen kriegen wir hier nicht mehr weg", sagte Markus, als die beiden zurückkamen. Er hatte sich inzwischen leidlich beruhigt und sein Gehirn auf sachliche Problemlösung umstellen können. „Wir müssen die Nummernschilder verschwinden lassen und die Motor- und Fahrgestellnummer irgendwie auch. Alle Fingerabdrücke abwischen, alles Persönliche rausnehmen und dann nichts wie weg hier. Zu Fuß und ohne dass uns jemand sieht zurück zum Mercedes. Und dann ohne anzuhalten nach Deutschland."

Der Plan klang gut, nur die eingefrästen Nummern machten Probleme, als sie sie mit Schraubendreher, Taschenmesser und Nagelfeile, dem einzig verfügbaren Werkzeug, bearbeiteten.

„Wo zum Teufel wart ihr so lange", fluchte Sven, als Lars und Karl zwanzig Minuten später beim Volvo eintrafen.

„Das Vögelchen hat sich gesträubt", raunte Karl, dem der Hauch eines Grinsens aber sofort erstarb, als er erst auf Sven und dann auf den Schraubendreher in dessen Faust blickte.

Minuten später hatten sie doch alle Identifizierungsmerkmale am Wagen beseitigt und standen mit ihren Reisetaschen abmarschbereit in der sengenden Sonne.

„Moment noch!", sagte Sven, als sie gerade losstapfen wollten. Er schraubte den Tankdeckel ab, nahm ein Taschentuch heraus und steckte die eine Seite in den Tank. Benzingeruch stieg in der Hitze auf.

„Na dann gebt man schon mal Gas!", rief er und zückte sein Feuerzeug. Sie ließen es sich nicht zweimal sagen.

32

Petersens Handy klingelte. „Ella Arbeit" stand auf dem Display. Seine Mitarbeiterin rief ihn vom Diensttelefon aus an.

„Hallo Ella, wie war euer Auftritt gestern?", fragte er betont fröhlich, obwohl sein Kopf eigentlich eher mit anderen Dingen beschäftigt war.

„Moin Chef, danke, super, aber ihr habt jetzt ja sicherlich Anderes um die Ohren. Hab gehört, was da auf Amrum los ist und bin gerade aus Hamburg zurück. Was kann ich tun?"

Petersen fiel ein Stein vom Herzen. Hein war mit den Nachforschungen nach Clara und Svenja noch kein Stück weitergekommen: Auch bei den Behörden war heute Sonntag. Da ging alles viel träger als sonst. Ella hingegen war unabhängig vom Wochentag ein Genie in solchen Dingen! Und es war ihm immer eine unendliche Beruhigung, wenn sie im Hintergrund stand, die computerversierte Allrounderin, die alles ohne viel Aufhebens regelte. Er ließ Hein durchgeben, was sie von Clara Ewalds und Svenja Olufsen wussten, und bat Ella, im Präsidium nachzufragen, ob die Phantomzeichnungen von „Mareike" schon fertig waren. Anschließend könnte sie die Polizeicomputer nach dem Gesicht durchforsten.

„Geht klar Chef, melde mich dann", war die knappe Antwort. „Ach, übrigens, ich soll noch herzlich von Redlef und der Band grüßen. Wir haben dich beim Feiern gestern nach dem Gig sehr vermisst!" Dann legte Ella auf.

Noch ehe er das Telefon wieder einstecken konnte, klingelte es erneut. Sandemann! „Mein lieber Herr Doktor", melde sich Petersen übertrieben freundlich und wappnete sich für das, was unweigerlich gleich kommen musste, diesmal aber ausblieb. Angesichts von drei Leichen auf einmal war wohl sogar bei diesem notorischen Komiker Schluss mit lustig.

„Weit sind wir natürlich noch nicht gekommen, aber ich dachte, ein Zwischenstand könnte Sie schon mal interessieren", berichtete der Pathologe. „Sven Olufsen hatte eine tiefe Platzwunde am Kopf. Die war aber nicht tödlich. Hätte ihm höchstens für eine gewisse Zeit das Bewusstsein geraubt. In der Wunde waren noch Lacksplitter und Rost zu finden. Vermutlich, weil der Kopf durch die Schwimmweste die ganze Zeit über Wasser gehalten wurde. Es sind die gleichen Arten von Lack und Rost, die die Kollegen auch im Riss des Segelbootes gefunden hatten. Auch sonst haben wir keine tödlichen Verletzungen entdeckt. Sie können davon ausgehen, dass er ins Meer fiel, im Fallen von einem Volvo 850 angefahren wurde – ansonsten hätte diese Stelle am Kopf kaum getroffen werden können – und dann im Wasser langsam an Unterkühlung starb. Nein, im Ernst, von der Position der Wunde her kann ein Autounfall vollkommen ausgeschlossen werden, egal ob an Land oder – wie sollte das auch gehen – auf dem Meer. Es sieht aus, als hätte ihn ein einzelnes Autoteil mit hoher Geschwindigkeit am Kopf getroffen. Ein Schlag, wenn Sie mich fragen. Aber horizontal, nicht von oben. Übrigens: Ein Arm war aus der Schwimmweste herausgezogen, sie hielt den Kopf aber trotzdem noch über Wasser."

„Und der zweite Tote?", hakte Petersen nach.

„Der Zweite, der war derart platt, da hab' ich meinen Job echt satt", kam die Antwort.

Petersen verfluchte sich, gerade nicht mehr auf Sandemanns Unfug vorbereitet gewesen zu sein.

„Also wirklich, Herr Kommissar! Was soll man dazu schon sagen? Bei der Obduktion war nichts mehr da, wo es hingehört. Todesursache: ein simultanes Versagen aller, aber auch wirklich lückenlos aller Körperorgane durch annähernd gleichzeitige erhebliche Druckausübung auf den Körper durch Überrollen mit Reifen extremer Breite, extremem Gewicht und extremem Profil. Das annähernd Gleichzeitige möchte man dem Toten zumindest wünschen. Wäre das langsam erfolgt, wäre es extrem schmerzhaft gewesen. Eine Verletzung am Schienbein passt nicht zu den übrigen. Das scheint von etwas sehr Scharfkantigem gebrochen worden zu sein, während alle anderen Knochen eher durch Zerquetschen geborsten sind. Vielleicht eine Kante des Strandkorbs, der neben dem Toten lag. Autolack war jedenfalls nicht darin! Die KTU holt den Strandkorb her und wird ihn später daraufhin untersuchen. Jetzt sagen Sie mal ´Danke sehr!` dann gibt es später auch noch mehr", endete der Pathologe und legte auf, bevor Petersen dieser holperig gereimten Aufforderung Folge leisten konnte.

Als nächstes rief Petersen bei Michael Hagemann von der Spurensicherung an. Hein hatte Fotos der Schuhsolen von Mara, Christine und Nicola zu ihm rüber geschickt. „Nicht die geringste Übereinstimmung! Bei keiner von den dreien", berichtete Mike und Petersen registrierte erstaunt, dass er nicht enttäuscht, sondern hoch erfreut auf diese Aussage reagierte. „Die Schuhgröße des Täters oder der Täterin würde ich übrigens von 39 auf 38,5 korrigieren. Sehr schmal für einen Wanderschuh. Das bekommst du nicht im Schuhgeschäft um die Ecke, sondern im spezialisierten Outdoor-Laden. Sieht mir bergtauglich aus. Aber das sind ja die meisten." Mike machte eine kurze Pause. „Interessant ist der Kotflügel! Der war erst kürzlich innen mit einer Metallstange verschweißt gewesen, die dann wieder abgeflext wurde. Sein Lack und Rost stimmen mit den Spuren am Segelboot überein."

Die Ermittlungen vor Ort hatten hingegen nicht mehr viel Neues ergeben: Das Opfer war vor einem Traktor davongerannt und ihm mehrmals ausgewichen, bis es, vermutlich durch den vom Traktor stürzenden Strandkorb, zu Fall gebracht worden war. Anschließend wurde es von dem Traktor mehrfach überrollt. Eine Person mittlerer Größe, nicht sonderlich schwer, stieg danach vom Traktor ab, legte einen Kotflügel über den Toten, stieg wieder auf und fuhr zum Dünenübergang. Dort waren keine identifizierbaren Fußabdrücke mehr zu finden; wohin der Täter oder die Täterin von dort aus gegangen war, war nicht mehr nachzuvollziehen. Auch nicht, ob mehr als ein Mensch auf dem Traktor gesessen hatte.

Baumgartens Anwalt traf ein. Ein Strafverteidiger von der Insel Föhr. Seinen bisherigen Anwalt von der Bank hatte er hier nicht haben wollen.

„Der ist jetzt die Gegenseite", sagte Baumgarten tonlos. Dann doch lieber einen Unbekannten.

„Wir werden ihn über Nacht auf der Insel behalten; vielleicht fällt ihm ja doch noch mehr zu unseren Fragen ein", eröffnete Petersen dem Anwalt. Dann ließen die Beamten ihn mit seinem Mandanten und einer Kanne Kaffee in der rundum gefliesten Arrestzelle allein, die früher mal das Badezimmer des Hauses gewesen war. Dusche und Waschbecken hatte man herausgenommen. Dafür war eine stabile Pritsche an die Wand geschraubt worden, auf der in den letzten Jahren vor allem Betrunkene ihren Rausch ausgeschlafen hatten, bevor sie – mal kleinlaut, mal großschnäuzig, aber fast immer mit erheblichen Kopfschmerzen – am nächsten Morgen wieder nach Hause durften. Einen Stuhl musste der Anwalt sich selbst mit hineinnehmen.

„Kein Haftgrund, unzumutbare Haftbedingung, fester Wohnsitz, beruflich eingebunden, keine Fluchtgefahr", war das Repertoire, das der Anwalt eine halbe Stunde später erwartungsgemäß vor Petersen herunterbetete.

„Beim Einbruch erwischt, dringender Mordverdacht, zerbrochenes Berufs- und Familienleben", hielt dieser dagegen. Eine richterliche Haftanordnung sei außerdem schon auf dem Weg.

Der Anwalt akzeptierte notgedrungen, forderte aber, beim Verhör am nächsten Morgen dabei zu sein. „Ohne mich sagt Herr Baumgarten kein Wort!" Sie einigten sich auf fahrplankonforme 9:30 Uhr. Dann verschwand er in Richtung Fähre.

Ella rief an. „Ich hab' sie!", vermeldete sie grußlos und hoch erfreut. „Mareike! Heißt aber natürlich nicht Mareike Müller sondern Dr. Marion Mohnheim. Wie immer: Ihre Initialen behalten die Leute bei, wenn sie einen anderen Namen annehmen, und die Silbenzahl meistens auch. Sie ist Psychotherapeutin in Starnberg. Und du wirst es nicht glauben: Wir haben sie nicht in der Kundendatei, sondern bei den eigenen Leuten. Neben ihrer Praxis hat sie einen festen Mitarbeiterstatus bei der Polizei München. Spezialgebiet: Betreuung von Verbrechensopfern. Laut Anrufbeantworter ist sie bis Anfang Mai in Urlaub. Mehr hab' ich noch nicht, aber ich bleibe dran. Schicke dir gleich ihr Facebook-Foto aufs Handy. Die Porträtzeichnung, die Frau Dombrowski mit unserem Zeichner gemacht hat, war phänomenal! Fast identisch mit dem Foto. Sie hat das Bild von Frau Mohnheim aus dem Internet auch schon eindeutig identifiziert. Jetzt ist sie auf dem Weg zurück nach Amrum."

33

Marion saß im Schatten vor einer Bar in Potenza, der Hauptstadt der Basilikata, bei einem Espresso und einem Cornetto. Sie hatte gerade ihre Dissertation auf die Post gebracht, die sie hier in den letzten Monaten zu Ende geschrieben hatte. Trotz ihrer recht brauchbaren Italienischkenntnisse war es schwierig gewesen, dem Mann hinter dem Schalter ihren Wunsch nach Einschreiben und Eilbrief deutlich zu machen. Nun versuchte sie, den Augenblick zu genießen.

Aber irgendetwas beunruhigte sie tief. Sie konnte nicht ausmachen, was es war. Ihre Doktorarbeit über die Beziehungen zwischen zweieiigen Zwillingen war gelungen, davon war sie fest überzeugt. Das konnte nicht der Grund für das flaue Gefühl in ihrem Magen sein. Auch dass ihre Promotion und damit ein ganzer Lebensabschnitt nun dem Ende entgegen gingen, war für sie ausschließlich Grund zur Freude. Wären Svenja und Mario doch nur mitgekommen! Aber die beiden wollten lieber ausschlafen und den Morgen ruhig angehen lassen. Sie hingegen hatte es eilig mit der Post. Hätten sie doch nur zwei von diesen Mobiltelefonen gehabt, mit denen die Italiener hier ständig und überall herumstanden und wichtige Gespräche wie „Ja, ich bin in einer Minute da. Wie geht es dir? Was machst du gerade? Ja, mir geht es auch bestens!" zu führen. Aber die Dinger waren teuer und eigentlich ja auch meist überflüssig. Sie beschloss aufzubrechen, legte 3.000 Lire auf den kleinen weißen Teller mit dem Kassenbon und überquerte die Straße zu ihrem alten Fiat 500, der sich, bis auf die deutschen Kennzeichen, perfekt dieser Umgebung anpasste.

Die Unruhe verstärkte sich, als sie von der Hauptstraße in den schmalen Sandweg zum Haus einbog. Mühsam erklomm der kleine Wagen den Hügel. War das eben ein blonder Haarschopf, der da zwischen den Büschen zu sehen gewesen war? Mario? Nein, viel heller. Svenja? Zu kurzes Haar. Jetzt sah sie wohl auch schon Gespenster!

Marion trat das Gaspedal voll durch, um auf den Hügel hinauf zu kommen, und ließ den Fiat auf der anderen Seite langsam und vorsichtig wieder hinunter rollen, um nirgendwo aufzusetzen. Sie war diesen Weg in den letzten drei Monaten so oft gefahren, dass sie fast im Schlaf wusste, wo sie Schlaglöchern ausweichen und Spurrillen umschiffen musste. Ihr Herz schlug wie wild, als sie um die letzte Kurve zum Haus bog. Was zum Teufel war nur mit ihr los! Dann sah sie das zerstörte Tor und alles Blut wich ihr aus dem Kopf. Marion war der Ohnmacht nahe.

Sie stellte den Wagen ab und taumelte auf die Veranda zu. Ein umgestoßener Stuhl, Kaffee, der über die weiße Tischdecke gelaufen und auf den Boden getropft war. Marion sah sich nach einer möglichen Waffe um, entdeckte einen kurzen Spaten, der an der Hauswand lehnte, griff ihn und näherte sich, notfalls zum erbitterten Kampf bereit, langsam und geduckt der offen stehenden Eingangstür.

„Mario!", rief sie. Keine Antwort.

„Svenja?" Nichts rührte sich.

Sie empfand Totenstille, obwohl die Zikaden in den Akazien rundherum einen höllischen Lärm machten und Fliegenschwärme ungehemmt um die Marmelade auf den Frühstücks-Cornetti surrten. Mit dem Rücken an der Außenwand des Hauses lugte Marion vorsichtig durch die Eingangstür. Die Küche war leer. Langsam glitt sie, den Rücken an die Türzarge gepresst, ins Haus. Auch hier war ein Stuhl umgestoßen, Geschirr war zerbrochen. Marion lauschte, aber es war nichts zu hören.

„Mario? Svenja?" rief sie nochmals zaghaft. Nichts! Sie schaute durch die Türöffnung in den Wohnraum. Niemand da. Sie schlich zur Schlafzimmertür. Ihr Atem stockte. Svenja lag bäuchlings wie leblos auf dem Bett. Das Kleid bis zu den Achseln hochgeschoben, die Unterwäsche zerrissen neben ihr. Noch einmal sah Marion sich vorsichtig nach allen Seiten um, dann warf sie den Spaten auf den Boden und eilte zu ihrer Freundin.

Eine dick geschwollene Platzwunde unter dem rechten Auge und eine weitere an der Stirn waren das Erste, was Marion auffiel. Kleine Blutlachen waren auf dem Gesicht geronnen, aber Svenja atmete, wenn auch sehr mühsam und unregelmäßig.

„Gott sei Dank, du lebst!"

Aber von Mario keine Spur. War er das doch gewesen, vorhin im Gebüsch? Was zum Teufel war hier vorgefallen? Was sollte sie nur tun? Sie drehte Svenja auf den Rücken, versuchte sie aufzuwecken. Vergebens. Marion entdeckte rote Würgemale an Svenjas Hals. Sie musste sie ins Krankenhaus bringen. Sofort! Und die Polizei verständigen.

Und wenn es Mario war? Es war nur ein kurzer, völlig absurder Gedanke. „Quatsch!", sagte sie laut. Auf keinen Fall Mario. Auch ihm musste etwas zugestoßen sein. Oder er war geflohen. Ja! Hoffentlich war er geflohen.

Aber das flaue Gefühl in ihrem Magen gab ihr wenig Hoffnung. Für ihre Dissertation hatte sie mit Dutzenden von Zwillingspaaren gesprochen. Einige von ihnen hatten ihren Zwilling durch ein Unglück oder Krankheit verloren. Und alle hatten ihr berichtet, dass sie es gespürt hatten, noch bevor sie es erfuhren. Sie hoffte, dass es nicht dieses Gefühl war, das sie nun hatte.

Marion war stark und sie war zäh. Es gelang ihr, wenn auch mit Mühe, Svenja zum Auto hinüber zu tragen und auf den Beifahrersitz zu schieben. Die Rückenlehne stellte sie so weit es ging zurück, schnallte den immer noch entsetzlich leblosen Körper fest und fuhr an. Der Kopf fiel zur Seite. So ging das nicht! Marion lief ins Haus zurück und holte zwei große Kissen vom Bett, von denen sie eines auf Svenjas rechter Kopfseite, das andere links zwischen Svenja und ihre eigene Schulter klemmte. So würde der Kopf Halt haben und auf dem Waldweg nicht ganz so stark hin und her baumeln. Trotz ihrer Panik fuhr Marion sorgsam und vorsichtig, bis sie die asphaltierte Straße erreichte. Dann holte sie aus dem kleinen Wagen alles heraus, was ging.

Die Notaufnahme war überfüllt, aber der Anblick der jungen Frau, die, Tränen in den Augen, mit Svenja auf den Armen hereingewankt kam, rief sofortige Hilfsbereitschaft bei Patienten wie Krankenhauspersonal hervor. Eine Trage wurde herangerollt, Svenja darauf gelegt, festgeschnallt und fort gebracht.

„Die Polizei muss kommen! Sofort! Mario ist verschwunden!", keuchte Marion und hoffte, dass die Dame in Weiß ihr Italienisch verstand.

„Si, Senora! Wir haben schon die Carabinieri gerufen. Nennen Sie mir die Personalien der Patientin, bitte. Und Ihre bitte auch. Wie wollen Sie bezahlen?"

34

Die Sonne stand bereits tief, als Petersen und seine Kollegen ihre Arbeit für heute beendeten und die Wache verließen. In einem letzten Versuch, doch noch etwas aus Baumgarten herauszubekommen, hatte Petersen ihm das Foto von Marion Mohnheim unter die Nase gehalten.

„Wer soll das sein?", hatte der nur gefragt und dabei ehrlich überrascht geklungen. Dann hatte er sich wieder auf der Pritsche zurückgelehnt und in Schweigen gehüllt.

Zum Abendessen gab es Fischbrötchen für ihn, die Björn im Dorf besorgt hatte. Die Nacht würden Björn und Marie, die ihre Zimmer oben in der Polizeiwache hatten, regelmäßig nach ihm schauen. Jetzt aber gingen erst einmal alle gemeinsam zum Abendessen. Der Tag war sehr lang und sehr anstrengend gewesen. Auch die Presseleute hatten ihre Wache vor der Wache für heute beendet. Petersen stutzte kurz beim Gedanken an die Journalisten. Eine Frau vorhin im Pressepulk, mit Baseballmütze und übertrieben dunkler Sonnenbrille, kam ihm ins Gedächtnis zurück. Konnte das vielleicht Marion alias „Mareike" gewesen sein?

Er schüttelte den Gedanken ab. „Petersen, du siehst Gespenster", beschimpfte er sich.

35

Baumgarten war am Ende. Von seinen Fischbrötchen hatte er kaum etwas herunter bekommen, das kleine Kofferradio, das sie ihm in die Zelle gestellt hatten, hatte er nach wenigen Minuten wieder ausgemacht. Fünfundzwanzig Jahre lang hatte er für den einen kleinen Fehler büßen müssen und jetzt hatte der ihm endgültig das Genick gebrochen.

Sie hatten ihm den Gürtel, die Krawatte, die Schnürsenkel abgenommen. Aber nein! Umbringen wollte er sich nicht, auch wenn er keine Ahnung hatte, wie sein Leben jetzt weitergehen sollte. Seine Ersparnisse waren erheblich; er würde ohne den Job bei der Bank über die Runden kommen, selbst wenn Bettina sich scheiden ließe und die Hälfte des Vermögens für sich beanspruchen sollte. Dass das passierte, hielt er für sehr wahrscheinlich. Für den Einbruch aber würde er allenfalls eine Bewährungsstrafe bekommen. Das hatte ihm der Anwalt bestätigt. Die Sache mit Nicola war verjährt. Und die Morde in Italien würde niemand mit ihm in Verbindung bringen, solange er die Klappe hielt. Oder doch? Was hatte Petersen nur plötzlich mit dem Volvo? Was wusste er? Und warum waren alle, die damals mit dabei waren, jetzt tot? Ein kalter Schauder lief ihm über den Rücken. Der Banker fühlte sich plötzlich gar nicht mehr wohl, so allein auf der Polizeiwache in Nebel.

Dann aber hörte er Geräusche von draußen durch die Zellentür und war schlagartig beruhigt. Gott sei Dank! Die Polizisten waren zurück. War ja auch albern von ihm, sich ausgerechnet in einer Arrestzelle bedroht zu fühlen. Würden sie noch einmal nach ihm schauen? Fast hoffte er es, auch wenn es ihm unangenehm war, immer wieder Fragen gestellt zu bekommen, auf die er nicht antworten wollte.

Ja, tatsächlich, der Schlüssel drehte sich im Schloss. Baumgarten lehnte sich auf der Pritsche zurück und versuchte, ein unbeteiligtes, abweisendes Gesicht zu machen. Es gefror jedoch zu Eis, als die Tür sich öffnete. Sven kam herein. Nein, kein Geist, sondern ein Sven aus Fleisch und Blut. Es waren eindeutig Svens Augen, die ihn durch den Schlitz der schwarzen Sturmhaube erbarmungslos musterten. Aber es war nicht der Sven, den er vor wenigen Wochen zum letzten Mal gesehen hatte. Es war der Sven, mit dem er vor 23 Jahren nach Italien gefahren war. Ein junger Mann.

„Was zum Teufel willst du denn noch von mir?", stieß Baumgarten mit gepresstem Atem hervor.

Dann trat eine Frau hinter Sven hervor. Auch sie hatte eine schwarze Sturmhaube über den Kopf gezogen. Und sie trug einen Kotflügel mit sich. Mit einem schaurig wütenden Schrei ließ sie das Metall auf ihn niederprallen. Der Banker hielt schützend die Arme vor das Gesicht. Drei, vier Schläge lang hielten seine Arme den wütenden Angriffen stand. Dann drang ein Schlag durch und traf seine Stirn. Wieder und wieder schlug die Frau zu. Baumgarten verlor das Bewusstsein.

36

Das Essen im „Anker" war gut und reichlich, das spanische Bier vom Fass angenehm kühl und mild. Für den gemeinsamen Abend hatten sie Albertinas Restaurant in Norddorf ausgesucht. Tianos Schwester schien die schrecklichen Ereignisse des Morgens inzwischen weitgehend verarbeitet zu haben und war bereits wieder guter Dinge. Auch die Polizisten zeigten sich gut gelaunt. Der Tag war zwar hart gewesen, die Erlebnisse grausam, aber es gab mehrere handfeste Spuren und sie waren zuversichtlich, den Fall schon bald zu den Akten legen zu können.

Nach Salat, Fisch und Krustentieren waren sie gerade beim Nachtisch angekommen, als Petersens Handy klingelte. Ella! Von der Büronummer. Offenbar war sie immer noch bei der Arbeit.

„Ich habe viel über Marion Mohnheim herausbekommen", eröffnete sie Petersen, auch diesmal wieder ohne Begrüßung. „Musste dafür aber einige Münchener Kollegen und Starnberger Verwaltungsangestellte in ihrer Sonntagsruhe stören. Na, egal! Also: Die Dame ist ein echter Überflieger. Zwei Schulklassen übersprungen, Abitur mit 16, Psychologiediplom mit 19, Abschluss in Psychotherapie mit 22, Promotion mit 23. Hat außerdem regelmäßig Ruderbootrennen auf dem Starnberger See gewonnen und neben einem Auto- und Motorradführerschein auch einen Flugschein und den Sportbootführerschein ´See`. Ihr polizeiliches Führungszeugnis ist lupenrein, aber sie ist selbst mal Leidtragende eines schweren Verbrechens geworden, was sie, wie die Kollegen meinen, um vieles besser bei der Betreuung von Verbrechensopfern macht als die meisten anderen Psychotherapeuten bei der Polizei. Gegen Gutachten für Prozesse soll sie sich allerdings immer vehement gesträubt haben. Wollte ausschließlich die Opfer betreuen und nichts mit Tätern zu tun haben."

„Was war das für ein Verbrechen?", fragte Petersen in Ellas Bericht hinein.

„Wirklich schlimme Sache. Vor 23 Jahren in einem abgelegenen Ferienhaus in Süditalien. Ihr Zwillingsbruder Mario wurde mit einem Auto getötet. Offenkundig mutwillig mehrfach überrollt! Zeitgleich wurde ihre Lebenspartnerin im Haus zusammengeschlagen, vergewaltigt und bis zur Bewusstlosigkeit gewürgt. Diese Lebenspartnerin war übrigens Svenja Olufsen, nach der ich ebenfalls suchen sollte, Chef. Das Tatfahrzeug stand wenige Meter von der Leiche entfernt im Wald. Konnte nicht zum Besitzer zurückverfolgt werden. Keine Fingerabdrücke, und mit DNA war man damals ja noch nicht so weit. Die Täter hatten auch versucht, es anzustecken. Hat aber wohl nicht funktioniert, sonst wäre der gesamte Wald samt Ferienhaus in Flammen aufgegangen. ´Typisch Mafia`, hieß es damals. Es wurde nicht weiter verfolgt, zumal Svenja Olufsen, die im Gegensatz zu Mario überlebt hat, sich an nichts mehr erinnern konnte."

„Wo zum Teufel hast du nur all diese Infos her", staunte Petersen.

„Dazu komme ich gleich, Chef. Also: Sofort als Svenja Olufsen wieder reisefähig war, sind die beiden Frauen samt Leiche des Bruders zurück nach Deutschland. Frau Mohnheim hat ihre Promotion zu Ende gebracht, ist jetzt Frau Doktor, und sich ziemlich bald mit einer Praxis in Starnberg etabliert. Zu Svenja Olufsens Verbleib ist dann erst einmal nichts bekannt, aber offenkundig blieben die beiden Frauen ein Paar, denn schon Ende 2001, fast sofort nach dem Gesetz über die Eingetragene Lebenspartnerschaft, haben sie ´geheiratet`. Es gibt ein Kind, Kai Mohnheim, heute 22 Jahre alt. Schulisch fast so ein Überflieger wie Marion Mohnheim. Allerdings ist Svenja Mohnheim, sie hat den Namen ihrer Frau angenommen, die leibliche Mutter, Marion Mohnheim die Adoptivmutter. Also, dieser Kai hat eine Klasse übersprungen und mit 17 sein Abitur mit 1,0 gemacht. Aber anstatt zu studieren, ist er zur Bundeswehr gegangen. Für vier Jahre verpflichtet, Ausbildung zum Kampfschwimmer und zum Bombenentschärfer, ein Jahr lang in Afghanistan Granaten entschärft. Warte, ich schicke dir gleich mal ein Bild rüber."

„Was ist mit Svenja?", drängte Petersen.

„Das ist die Geschichte, warum ich so viel in Erfahrung bringen konnte, Chef. Svenja Olufsen beziehungsweise Mohnheim ist tot."

Petersen fühlte einen Stich im Magen. Für einen kurzen Moment stiegen ihm Tränen in die Augen, dann hatte er sich wieder im Griff und hörte Ella, die nichts von seiner früheren Freundschaft zu Svenja wusste, wieder zu.

„Sie hatte einen Autounfall. Vor gut vier Jahren. Genau am achtzehnten Geburtstag ihres Sohnes, der zu dieser Zeit in der Grundausbildung steckte. Ist auf der Autobahn gegen einen Brückenpfeiler gerast. Es dürfte ein Unfall gewesen sein: Es gab in der Nacht Blitzeis. Aber auch Selbstmord wurde nicht ganz ausgeschlossen. Jedenfalls hat Marion Mohnheim einen Kollegen vom Münchener Morddezernat – genau von dem habe ich die Italien-Geschichte – überredet, zum Fall ihres Bruders eine offizielle Anfrage in Italien zu stellen. Svenja war wohl immer dagegen gewesen. Tatsächlich hatte die Anfrage Erfolg, die Beweismittel waren noch da. Die Carabinieri schickten sogar eine DNA-Analyse vom Sperma des Vergewaltigers und zwei weitere von Spuren, die sie im Tatfahrzeug gefunden hatten. Alle drei Proben stammten von unterschiedlichen Männern, die nicht nur in einem sehr engen Verwandtschaftsverhältnis zueinander standen, sondern auch zu Svenja. Die Münchener haben den Fall mit dieser neuen Erkenntnis und dem Angebot, bei Ermittlungen in Deutschland zu helfen, an die Carabinieri zurückgegeben. Er geriet dann in München in Vergessenheit, weil sich gerade viele andere dramatische Ereignisse ballten. Marion Mohnheim schien auch schlagartig jedes Interesse daran verloren zu haben."

37

Während des Essens war Regen an die Scheiben geprasselt. Als sie jetzt nach draußen kamen, waren die Wolken aber schon weitergezogen. Der Wind hatte sich gelegt. Ein Halbmond stand strahlend hell am Himmel. Tiano und Hein strebten zu den Streifenwagen, Petersen warf ihnen einen fragenden Blick zu.

„Albertina schenkt uns grundsätzlich alkoholfrei ein, wenn wir in Uniform sind", lachte Tiano. „Fällt keinem auf und ist genauso gut. Naja, zumindest fast."

Hark wollte mit Leif zu Fuß nach Nebel zurückgehen, Hein würde die beiden Jungpolizisten bei der Wache absetzen.

„Morgen, halb acht", verabredeten sie sich.

Hark und Leif schlenderten, die Hände tief in die Taschen ihrer Jacken gesteckt, gemächlich los. Vor dem Kino stand eine kleine Menschentraube und wartete auf die letzte Vorstellung des Tages. Sie würde in Kürze beginnen. Ansonsten war Norddorf bereits wie ausgestorben. Am Ende der Straße, die den für Nicht-Insulanern merkwürdig anmutenden Namen „Taft" trug, schwenkten sie nach rechts auf die alte Landstraße nach Nebel. Früher lief der gesamte Nord-Süd-Verkehr der Insel über diesen schmalen, heute gut asphaltierten Weg. Auch an Tante Lizzys Haus unten in Nebel vorbei. Doch längst war der „Hoofstich" für den allgemeinen Autoverkehr gesperrt und für Fußgänger und Fahrradfahrer zur Hauptachse zwischen den beiden Orten geworden. Straßenlaternen gab es hier nicht, aber der Mond sorgte für ausreichend Licht auf dem Weg, den umgebenden Feldern und dem Wattenmeer, über das sie zu ihrer linken bis hinüber zu den Lichtern Föhrs und des Festlands schauen konnten.

Ein paar Radfahrer überholten die Männer; Gesprächsfetzen machten deutlich, dass sie gerade aus der ersten Abendvorstellung im Kino gekommen waren. Ein silberner Streif Mondlicht lag über dem Meer, das mit ablaufendem Wasser bereits hier und da wieder den Wattboden freigab. Einige Wolkenfetzen zogen in skurrilen Formen schwarz, dunkelblau und dunkel violett mit vom Mond angestrahlten Rändern am Himmel entlang. Eine sanfte Brise hatte eingesetzt. Hark genoss sie ebenso wie die Bewegung nach einem langen Arbeitstag, und Leif, der zum ersten Mal auf Amrum war, sog die Luft und die Schönheit der Insel in vollen Zügen in sich auf. Dieser Nachtspaziergang gehörte zu den Amrum-Erlebnissen, die ihm noch lange im Gedächtnis bleiben würden.

Die Männer waren auf dem höchsten Punkt des Hoofstich angekommen. Sie genossen den weiten Blick über die nur schemenhaft zu erkennende Umgebung mit ihren vielen blitzenden und blinkenden Lichtern. Unter ihnen waren die ersten Häuser von Nebel auszumachen. Schräg links leuchtete der angestrahlte schneeweiße Turm der Nebeler Kirche unter seiner dunklen Kupferspitze über Baumkronen hinweg.

Harks Telefon klingelte. Nur widerstrebend nahm er es aus der Tasche. Er hätte den Spaziergang zu gerne ungestört beendet. Es war Tiano.

„Hark! Baumgarten ist überfallen worden! In der Zelle! Marie hat ihn gerade gefunden. Er lebt. Aber gerade mal so eben noch. Der Arzt ist hier. Der Hubschrauber ist unterwegs." Petersen sah das Licht des Rettungshubschraubers links am Horizont auftauchen, gleich würde seine dunkle Silhouette den Halbmond passieren. „Seid ihr schon in Nebel? Ich hole euch ab."

Die beiden Männer gingen beschleunigt den sanft abfallenden Weg nach Nebel hinunter, gerieten fast ins Laufen. Auf Höhe des neuen Friedhofs sahen sie bereits Blaulicht in der Ferne aufblinken; als sie das Ortsschild erreichten, hielt Tiano mit kreischenden Reifen neben ihnen. Sie sprangen in den Streifenwagen und erreichten wenig später die Wache.

Baumgarten war übel zugerichtet. Sein Gesicht wies unzählige Platzwunden auf, war blutüberströmt und rundherum dick angeschwollen. Auch der Körper schien einiges abbekommen zu haben, vor allem die Arme und Hände, die er vermutlich zum Schutz vor sich gehoben hatte. Ein dunkelgrüner Kotflügel lag blutverschmiert auf dem gefliesten Boden der Zelle. Am Strand war es ein rechter Kotflügel gewesen, hier war es nun ein linker. Als Marie in die Zelle schaute, waren Kopf und Brust von Baumgarten vom Kotflügel bedeckt gewesen. Die Täter hatten offenbar gedacht, er sei bereits tot.

„Psychopathen!", murmelte Petersen vor sich hin. „Eindeutig Psychopathen!"

Der Notarzt hatte die Erstversorgung abgeschlossen, der Rettungswagen stand bereit, den Verletzten zur wenige hundert Meter entfernten Landestelle des Hubschraubers zu bringen.

Die Polizisten waren blass und bedrückt. Diesmal hatten die Täter direkt vor ihrer Nase zugeschlagen. Schlimmer noch: Das Opfer hatte unter ihrer Obhut gestanden. Das hätte nicht passieren dürfen! Doch hätte man es ahnen können?

„Ja, verdammt, das hättest du ahnen können!", beschimpfte Petersen sich selbst. „Du hast es sogar geahnt, als du beim Losgehen an die Frau im Pressepulk gedacht hattest!"

Aber jetzt war es zu spät. Ein Disziplinarverfahren war ihm und Tiano mehr als sicher, das aber störte ihn weit weniger als die Tatsache, dass hier ein Mensch wegen seiner Unachtsamkeit fast ums Leben gekommen war, vielleicht sogar noch sterben würde.

„Ich habe ihn mit gebundenen Händen seinem Henker ausgeliefert!", fluchte Hark resigniert und wütend zugleich. „Unverzeihlich!"

Und noch einen Fehler bemerkte er erst jetzt. Ella hatte ihm während des Telefonates vorhin ein Foto geschickt. Von Svenjas Sohn. Er hatte vergessen, es sich nach dem Auflegen anzuschauen. Das holte er nun umgehend nach. Ein junger, blonder Mann. Klares, offenes Gesicht. Mit den Augen von Svenja und Sven. Verflucht! Den hatte er doch gerade erst gesehen! Das war der junge Kellner, der ihm gestern – ja, tatsächlich, das war gerade erst gestern gewesen – auf der Fähre aufgefallen war. Deshalb kamen ihm auch die Augen so angenehm und vertraut vor. Hätte er das nicht schon vorher bemerkt haben müssen? Wie unprofessionell! Wie dumm! Petersen ging hart mit sich ins Gericht. Zu hart, das wusste er selbst. Es war eine seiner ihn immer wieder quälenden Eigenarten, dass er sich Fehler so auffällig gut eingestehen, aber nur schwer verzeihen konnte. Dabei waren Fehler gerade in diesem Job selbst bei größter Sorgfalt nie gänzlich auszuschließen.

Petersen versuchte, die grauen Wolken abzuschütteln. „Jetzt nicht in Selbstanklage verharren und dadurch weitere Fehler begehen!", befahl er sich selbst. „Fang an nachzudenken!"

Das tat er: Sie waren gegen 19:30 Uhr von der Wache aus zum Essen gegangen. Gegen 21:45 hatte Marie den Verletzten entdeckt und zunächst den Notarzt, dann die Kollegen informiert. In diesem Zeitraum hatten der oder die Täter keine Chance gehabt, die Insel auf regulärem Weg zu verlassen. Die letzten Fähren hatten längst abgelegt. Vermutlich waren sie also noch hier. Irgendwo hier auf der Insel. Sie mussten sofort mit der Fahndung nach Kai und Marion Mohnheim beginnen, besprach er mit den Kollegen. Bei zehntausend Gästebetten auf der Insel waren die Erfolgsaussichten allerdings eher begrenzt.

Petersen hoffte auf seine Intuition, die ihm schon oft in solchen schwierigen Situationen geholfen hatte. Er ging im Geiste die verschiedenen Möglichkeiten und Berührungspunkte durch. Der erste Mord war höchstwahrscheinlich mit einem Boot verübt worden, und Marion Mohnheim hatte einen Sportbootführerschein. Gut möglich also, dass sie gar keine Wohnung und kein Hotelzimmer gemietet hatten, sondern mit dem Boot gekommen und vielleicht auch längst schon wieder abgefahren waren. Der Yachthafen! Er teilte den Kollegen seinen Gedanken mit. Hein klingelte den Hafenmeister aus dem Bett.

Was käme außerdem in Frage? Er hatte den jungen Mann auf der Fähre getroffen. Warum nur hatte ein junger Berufssoldat mit einem Einser-Abitur dort als Kellner angeheuert?

„Sag' mal Tiano", wandte er sich an den Stationsleiter, „wo bleibt eigentlich die Mannschaft der letzten Fähre, die hier abends anlegt, über Nacht? Haben die hier alle ein Zuhause auf der Insel? Oder gibt es eine Art Wohnheim für die Mitarbeiter?"

Tiano sah ihn verblüfft an. Diese Frage hatte er sich noch nie gestellt. Auch Hein, der am Telefon auf den Hafenmeister wartete, der gerade die Anleger checkte, zuckte nur ratlos mit den Schultern. Ein Wohnheim gab es nicht, soweit waren sie sich sicher. Davon hätten sie gewusst. Dass alle hier auf Amrum wohnten, war extrem unwahrscheinlich – außerdem hätte sich dann für diese Besatzungsmitglieder bei der letzten Fähre in Dagebüll oder Föhr dieselbe Frage gestellt. Kamen also eigentlich nur Kabinen auf den Fähren selbst in Frage. Hinter einer der Türen, auf denen „Nur für Besatzung" stand. Leif würde versuchen, jemanden von der Fährgesellschaft zu erreichen. Um diese Uhrzeit dürfte das aber nicht mehr so ganz einfach sein.

Der Hafenmeister war am Telefon zurück. Der Vormann des Rettungskreuzers hatte vor vielleicht 20 Minuten ein Sportboot von den freien Liegeplätzen abfahren sehen. Das Boot war ihm auch am frühen Morgen schon einmal aufgefallen, kurz darauf aber abgefahren und irgendwann später wiedergekommen. Das hatte ihn zwar etwas gewundert, große Beachtung hatte er dem aber nicht beigemessen. Soweit er das auf diese Entfernung beurteilen konnte, war immer nur eine einzelne Frau an Bord gewesen. Auch bei der Abfahrt jetzt am Abend. Beschreibung? Naja, auf die Entfernung... Groß, schlank, zweckmäßige, aber trotzdem irgendwie ziemlich elegante Kleidung. Kopftuch. Ach ja, und Wanderstiefel anstatt Turnschuhe an den Füßen. Das war ihm besonders aufgefallen. Trotz der Entfernung. Seenotretter hatten einen professionellen Blick für Dinge, die nicht auf ein Boot gehören. Die Beschreibung passte auf Marion Mohnheim, aber natürlich auch auf viele andere. Petersen telefonierte noch einmal selbst mit dem Seenotretter. Die Aussagen waren aber identisch mit dem, was der Hafenmeister übermittelt hatte. Ja, eigentlich sei er ganz sicher gewesen, dass die Frau alleine auf dem Boot war – es sei denn, jemand wäre lange vor Abfahrt an Bord gegangen und in der Kabine verschwunden. Das hieß, überlegte Petersen, dass Kai Mohnheim vermutlich noch hier auf der Insel war – oder, wahrscheinlicher noch, auf der Fähre.

Sie verständigten die Einsatzzentrale auf dem Festland, die ihrerseits alle Polizeistationen in den Häfen, die Wasserschutzpolizei und die Küstenwache mit Fotos der Verdächtigen und einer Beschreibung des Bootes versorgte. Irgendwo würde Dr. Marion Mohnheim ja an Land gehen müssen. Auch die dänischen Häfen wurden informiert. Die niederländischen vorsichtshalber auch, obwohl die aller Wahrscheinlichkeit nach außerhalb der Reichweite des eher kleinen Motorbootes lagen.

Dann beratschlagten sie kurz, ob es die Indizien rechtfertigten, die Fähre zu durchsuchen. Das sechsstimmige „Ja" hätte eindeutiger nicht sein können. Demonstrativ überprüften die Beamten ihre Schusswaffen. Der Gesuchte war höchst gefährlich, vielleicht sogar bewaffnet. Dann fuhren die Streifenwagen so unauffällig wie möglich durch Wittdün. Mit den Augen ständig die Umgebung absuchend, wollten die Polizisten ihre Chance erhöhen, Kai Mohnheim zu entdecken, sollte er noch auf dem Weg zum Fährhafen sein. Aber es war überhaupt niemand mehr auf den Straßen unterwegs.

Im Sichtschutz des Verwaltungsgebäudes am Fähranleger ließen sie die Polizeiautos stehen und teilten sich auf. Ein Zweierteam ging links, eines rechts um das Gebäude herum. Ein drittes durch den Aufgang in der Mitte zum Schalter- und Wartebereich. Die Schalterhalle war abgeschlossen, aber Hein und Marie vom Team drei schauten sicherheitshalber in den auch nachts geöffneten Wartebereich. Er war leer. Grinsend teilten sie die Überprüfung der Toiletten unter sich auf: Hein in die Damen-, Marie in die Herrentoilette. Die Absurdität, dass sie selbst in dieser Situation gehemmt waren, den Geschlechterhinweis auf den Toilettentüren zu ignorieren – und es dennoch taten – hellte die Stimmung auf.

Die beiden anderen Teams hatten das Gebäude längst umrundet und erwarteten sie auf der anderen Seite. Der große Platz vor den Fähranlegern war hell beleuchtet. Die einzige Fähre, es war eines der neuen Modelle, lag still und von nur wenigen Lampen beschienen rechts am Anleger 1 hinter der Bushaltestelle. Mohnheim würde sie vom Schiff aus kaum sehen können, wenn sie sich im Sichtschatten der Anlegerbrücke hielten. Selbst dann nicht, wenn er sie erwartet hätte. Der Gesuchte würde aber noch keine Ahnung haben, dass sie seinen Aufenthaltsort erraten hatten. So konnten sie darauf hoffen, ihn zu überraschen – wenn er denn tatsächlich dort war.

Das Hauptproblem: Sie alle kannten nur die frei zugänglichen Bereiche der Fähre, und da Svenjas Sohn sicherlich nur einer von mehreren war, die dort übernachteten, könnten Unbeteiligte in die Schusslinie geraten. Leif und Hark hatten sich vorsichtshalber orange Westen mit Aufdruck „Polizei" angezogen, die zur Ausrüstung im Kofferraum des Streifenwagens gehörten. So würden die übernachtenden Besatzungsmitglieder wenigstens sofort sehen können, womit sie es zu tun hatten. Aber so weit kamen sie gar nicht erst.

38

Marion war in das bereitliegende Sportboot gesprungen, hatte die Leinen gelöst und den Motor angelassen. Jetzt tuckerte sie in gemächlichem Tempo in Richtung Festland. Das Meer war ungewöhnlich ruhig, sie aber war es nicht. Die selbstverschriebene Therapie war misslungen! Das war schon jetzt offensichtlich. Der Mord an Karl damals war spontan gewesen, ungeplant, aber irgendwie hatte er ihr gut getan. Zumindest ein wenig. Die vier anderen Morde hatten ihren Schmerz hingegen keine Spur weit gemildert. Mario blieb tot, das Brennen in ihren Eingeweiden und die Leere in ihrer Brust waren nach wie vor da! Die schwarzen Wolken trübten unverändert ihre Seele.

Mehr noch: Beim letzten dieser Morde hatte sich ihre Verzweiflung sogar noch verstärkt. Ihr wurde übel bei der Erinnerung, wie sie auf diesen Banker eingeschlagen hatte. Das war keine Befreiung gewesen, sondern legte ihr nur noch weitere Fesseln an. Und wie entsetzlich: Sie hatte Kai in das Ganze hineingezogen, sein Leben damit zerstört. Wie hatte sie nur so falsch liegen können?!

Wie sehr hatten die schrecklichen Ereignisse damals in Italien doch ihren Lebensweg geprägt. Mario, ihre zweite Hälfte, den Fremde ohne jeden Grund aus ihrem Leben und, schlimmer noch, aus ihrer Seele herausgerissen hatten. Ihre geliebte Svenja, die geschlagen, missbraucht und um ein Haar getötet worden war, ohne dass es dafür die geringste Erklärung gab, ohne dass ein Verantwortlicher hätte greifbar gemacht werden können. Svenja, die von ihren Peinigern entjungfert und, wie sie erst Monate später merkten, auch geschwängert worden war. Svenja, die sie nach ihrem plötzlichen Unfalltod mit all diesen Fragen zurückgelassen hatte: mit der Frage, ob sie denn wirklich durch einen Unfall gestorben war, mit der Frage, ob sie sich damals wirklich nicht an die Täter hatte erinnern können, mit der Frage, warum Mario sterben musste.

Nach Marios Tod hatte Marion es mit Verdrängung versucht. Das hatte nicht funktioniert. Dann suchte sie ihr Heil darin, sich beruflich in die Bewältigung seelischer Krisen einzuarbeiten, spezialisierte sich auf Opferbetreuung und Opfertherapie. Die geliebte Svenja und der kleine Kai waren ihre Familie und ihre Stütze in all diesen Jahren. Ohne sie hätte sie aufgegeben, wäre vielleicht sogar Mario gefolgt.

Gleichzeitig erinnerten sie ihre liebsten Menschen Tag für Tag an den Verlust des Bruders, an alles das, was damals in Italien passiert war. In ihrer Opfertherapie hatte Marion viele Erfolge, nur bei sich selber nicht. Oft verließ sie die Lehrbuch-Pfade und legte den Opfern Rachephantasien nahe. „Gleiches mit Gleichem vergelten" hatte sie, wo es passte, gepredigt – nie nur das allein und auf keinen Fall jemals im Protokoll vermerkt. Aber sie selbst hatte nichts und niemanden, auf den sie solche Rachegedanken hätte richten können. „Mafia?" Das war ein viel zu vager Begriff dafür.

Das alles änderte sich mit Svenjas Tod und den Recherchen, die sie erst danach hatte anstellen dürfen. Mit den Ergebnissen der DNA-Analysen hatte sie endlich ein Ziel für ihre Rachephantasien gefunden. Aus den Recherchen für ihre Doktorarbeit, bei denen sie Svenja kennen und lieben gelernt hatte, wusste sie alles über Svenjas Bruder und ihre Verwandten. Zumindest bis zu dem Zeitpunkt, an dem Svenja Amrum verließ. Den Rest konnte sie in zwei ausgedehnten Amrum-Urlauben erforschen.

Schon bei ihrem ersten Inselbesuch unter dem Pseudonym „Mareike" hatte Marion eine Beziehung zu Clara aufgebaut, die sie sofort als außenstehende Insiderin ausgemacht hatte. Sie verbrachte viele Tage und Nächte mit Clara und erfuhr dabei so ziemlich alles, was es über die guten und die schlechten Olufsens zu wissen gab. Clara hatte großen Redebedarf. Marion erfuhr, wer damals nach Italien gefahren war, dass die

Gruppe in einem Volvo von der Art und Farbe aufgebrochen war, wie ihn die Carabinieri im Wald sichergestellt hatten, und dass sie ohne dieses Auto zurückgekommen waren. Dabei gelang es Marion ohne viel Aufwand, das direkte Kennenlernen der Olufsens zu vermeiden. Sie erfuhr von Karls Lüsternheit und Brutalität gegenüber Frauen. Er war für sie der wahrscheinlichste Vergewaltiger. Ihn erkor sie für die erste Konfrontation aus.

Marion hatte Kai von Anfang an in ihre Pläne eingeweiht.

„Ich bin dabei, Mama", hatte er gesagt. „Egal, bei was, und egal, was es mich kostet."

Später dann hatte sie ihn gefragt „Willst du deinen Vater kennenlernen?"

Er wollte es nicht; er wusste um die Umstände seiner Zeugung.

„Hilfst du mir, ihn zu stellen?", fragte sie dann. Er war dabei.

Sie passten Karl ab, als er, wie häufig bei schönem Wetter, vom Yachthafen Wittdün aus mit seiner Motoryacht hinausfahren wollte. Sie sprangen an Bord, als er gerade die Leinen gelöst hatte.

„Fahr los, als wären wir deine Gäste", hatte sie ihm befohlen und dabei eine Pistole in den Bauch gedrückt. Er tat es.

Sie ließ ihn zwischen Amrum und Hooge hindurch in Richtung Helgoland steuern. Nicht weit, aber weit genug, um von niemandem gesehen zu werden. Sie fragte ihn nach Italien, er wusste von nichts. Sie drückte ihm die Pistole in den Bauch und fragte erneut. Er lachte sie aus. Er wisse gar nicht, wovon sie rede.

Ohne Absprache oder ein Zeichen von ihr trat Kai einen Schritt vor, packte Karls Hand, brach ihm mit Eisesmiene den kleinen Finger, schob den Finger auch nach dem Brechen weiter und weiter nach hinten. Karl fing an zu erzählen: alles, was er selbst getan hatte, alles, was er von den anderen gehört hatte. Geschlagen hätte er Svenja. Ja, das stimmte. Vergewaltigt und gewürgt – nein, das war Lars. Kai packte erneut den Finger. Ja, ja! Auch das sei er gewesen. Die Wahrheit war so nicht mehr zu ergründen. Karl würde von nun an alles sagen, wovon er glaubte, dass sie es hören wollten. Folter war kein Mittel, um Wahrheiten zu ergründen.

„Wir setzen ein Protokoll auf, du schreibst ein Geständnis, du schreibst, was die anderen getan haben und du selbst", sagte Marion zu Karl Olufsen.

Da schlug er zu: mit der verletzten Hand in ihr Gesicht, mit der anderen wollte er versuchen, die Waffe zu packen. Aber er hatte den Schmerz im Finger unterschätzt, der ihn der Ohnmacht nahe brachte und rückwärts taumeln ließ. Karl stürzte über Bord ins eisige Wasser der Nordsee. Seine Schwimmweste blies sich schlagartig auf und hielt seinen Kopf über Wasser.

„Okay, ich tu's ", brüllte er. „Holt mich hier raus, ihr kriegt das Geständnis."

Marion aber erlebte eine unerwartete Genugtuung, als sie ihn da im Wasser treiben sah. Konnte so ihre Erlösung aussehen? Ja, das könnte sie! Vielleicht würde das ihren Schmerz heilen. Sie stützte sich mit den Ellbogen auf die Reling auf, starrte ihm in die Augen und sah dabei zu, wie die Kälte seine Haut weiß und seine Lippen blau färbte. Die Hand von Kai lag dabei die ganze Zeit warm und zärtlich auf ihrer Schulter. Fast so, als wäre es die von Mario.

Karl hatte nichts mehr gesagt, nicht mehr protestiert. Der Ausdruck in Marions Gesicht hatte ihm deutlich gemacht, dass nichts, aber auch gar nichts helfen würde. Er war dem Tod geweiht, er gab sich in ihn hinein. Marion behielt Karls Gesicht im Blick, noch lange, nachdem die Augen erloschen waren. Dann drehte sie sich um. Aber es war immer noch Kai, der da hinter ihr stand und dessen warme Hand unverändert auf ihrer Schulter ruhte. Mario war nicht zurückgekehrt.

39

Kai saß in einem unscheinbaren dunkelgrauen Polo auf dem Parkplatz am Fähranleger in Wittdün. Er hatte noch keine Lust, aufs Schiff zurückzugehen. Die jüngste Aktion hatte ihm weit mehr zugesetzt als die Taten davor. Seiner Mutter offenbar auch. Der enge Raum, der hilflose, erbärmlich schreiende Mann, die vielen Hiebe mit dem Kotflügel, der als Schlagwaffe denkbar ungeeignet war, den Marion aber für ihren Bewältigungsritus unbedingt brauchte... Er liebte seine Mutter, er bereute nicht, ihr geholfen zu haben, aber gefallen hatte ihm das Ganze nicht. Er war Soldat, kein Mörder. Doch nun war es eh vorbei. Der letzte auf der Liste war gestrichen; es war Zeit, sich aus dem Staub zu machen.

Kai hatte Marion nach der Tat am Yachthafen abgesetzt und noch einmal herzlich umarmt. Ob sie sich jemals wieder in Freiheit begegnen würden, war fraglich. Sie hatten zweifellos Spuren hinterlassen, auch wenn sie das hatten vermeiden wollen. Früher oder später würde man sie überführen. Aber bis dahin wollte er sich längst abgesetzt haben. Fremdenlegion vielleicht. Für Marion hingegen kam Flucht nicht infrage. Sie hatte sich schon vor den Taten mit „lebenslänglich" und „Sicherheitsverwahrung" abgefunden. Der Abschied von seiner Mutter war ihm unendlich schwer gefallen, aber er wollte nicht mit ihr zusammen ins Boot, sondern zur Fähre zurück.

„Warum eigentlich?", fragte er sich jetzt. Weil er den Polo zurück bringen wollte? Er bereute diese Entscheidung.

Der kleine, alte, ungepflegte Wagen mit dem NF-Kennzeichen der Einheimischen hatte ihm gute Dienste geleistet. Er fiel einfach nicht auf. Vor zwölf Tagen hatte er seinen Kumpel Gerd, dem der Polo gehörte, damit zum Flughafen gefahren. Zwei Wochen Mallorca! Übermorgen sollte er ihn damit wieder abholen. Was für ein glücklicher Zufall! Auf dem Inselparkplatz hatte er den Wagen direkt neben dem Mercedes von Lars Olufsen parken können; noch so ein Schicksalswink. Er diente ihm als idealer Stützpunkt in der Nacht, in der er die Bombe eingebaut hatte. Die spätere Überfahrt nach Amrum hatte er auf Gerds Namen gebucht. Die Rückfahrt für morgen ebenfalls.

Zwei Polizeiwagen fuhren am Parkplatz vorbei und hielten vor dem Verwaltungsgebäude, keine 20 Meter von Kai entfernt. Er rutschte tief im Fahrersitz herunter und beobachtete die Geschehnisse durch das Lenkrad hindurch. Es war ganz eindeutig: Sie hatten seine Identität ermittelt und wussten auch, wo er zu finden sein könnte.

„Wie zum Teufel haben sie das so schnell geschafft?", fragte er sich eher bewundernd als beunruhigt. Die Polizisten verschwanden aus seinem Blickfeld in Richtung Fähre, er zog das Handy aus der Tasche und wählte Marions Kurzwahl. Er musste sie warnen: Wenn die Polizei auf ihn gekommen war, dann wusste sie auch von ihr. Es dauerte eine Zeitlang, bis Marion dran ging, aber der Empfang war gut.

„Ich hole dich von der Insel", kündigte sie an.

„Zu gefährlich!", entgegnete er.

Aber Widerspruch hatte sie bei solchen Entscheidungen noch nie geduldet. „In einer halben Stunde am Yachthafen", sagte sie nur. „Ich drehe gerade um."

40

Petersens Sinne waren geschärft; er achtete auf jede Bewegung und jedes Geräusch, während sie sich geduckt der Fähre näherten. Er zuckte zusammen: Ein Automotor war angelassen worden. Auf dem Parkplatz hinter ihnen. Das Geräusch war nur leise zu hören, aber eindeutig – und höchst ungewöhnlich in dem wie ausgestorben daliegenden Ort, durch den sie gerade gekommen waren.

„Verdammt!", brüllte er und spurtete in Richtung Geräuschquelle los. Leif brauchte nicht einmal eine Sekunde, da war er ihm schon gefolgt. Die anderen blickten sich verblüfft an.

„Ihr behaltet das Schiff im Auge", rief Tiano Hein und Marie zu. „Los, Björn, rechts an der Verwaltung vorbei." Auf wen auch immer Petersen bei seinem Spurt links um das Verwaltungsgebäude zielte, es konnte nicht schaden, von der anderen Seite zu kommen.

An der Straße in den Ort trafen sie mit Hark und Leif zusammen, schwer atmend und gerade noch rechtzeitig für alle vier, den dunklen Kleinwagen vorne rechts um die Kurve verschwinden zu sehen.

„Blond, eindeutig blond", brüllte Petersen. „Hinterher!"

Tiano sprang in den Streifenwagen, Hark und Leif hechteten auf den Rücksitz. Den Schlüssel zum zweiten Wagen hatte Hein in der Tasche. Björn würde mit ihm und Marie folgen. Die Polizeisirenen drangen durch die Nacht. Realistische Hoffnung, den Polo einzuholen, gab es allerdings nicht. Er konnte mittlerweile in jede beliebige Seitenstraße abgebogen, in den Wald gefahren oder bis nach Norddorf durchgepresst sein. Die Auswahl war beliebig. Aber immerhin: Kai Mohnheim war noch auf der Insel, und eher früher als später musste er von hier weg.

„Zum Yachthafen", rief Petersen Tiano zu. „Und schick Hein zur Landungsbrücke nach Steenodde."

Mehr Möglichkeiten anzulegen gab es hier nicht. Dann forderte er bei der Einsatzzentrale ein Polizeiboot an. Es war nie gut, weniger mobil zu sein als die Täter.

41

Kai war in den Tidenweg abgebogen, hatte den Motor abgestellt und das Licht ausgeschaltet.

„So ein Mist!", fluchte er. Die Polizisten hatten ihn bemerkt und abfahren sehen. Sie würden keine Chance haben, ihn auf der Insel zu finden und daher versuchen, ihn am Yachthafen oder in Steenodde abzufangen. Er rief Marion an, hoffte, dass sie das Telefon hören würde. Sie tat es, wenn auch wieder mit erheblicher Verzögerung, und bremste ihre Fahrt ab, um sich mit ihm verständigen zu können.

„Yachthafen geht nicht, sie sind hinter mir her! Da kommen sie sofort drauf", rief Kai ins Telefon. „Am besten drehst du wieder um und verschwindest!" Im Rückspiegel sah er den ersten Polizeiwagen mit Blaulicht vorbeifahren. Der zweite folgte mit fast zwei Minuten Abstand.

„Keine Option!", war die erwartete Antwort. „Ich hol' dich in Steenodde ab."

„Geht auch nicht", erwiderte Kai nervös. „Die haben zwei Wagen. Sie werden sich aufteilen."

„Na, dann eben am Fähranleger", lachte Marion bitter. „Sie können ja nicht überall gleichzeitig sein, und das werden sie hoffentlich nicht erwarten. Ich brauche noch eine Viertelstunde; bleib am besten so lange wie möglich in Deckung. Wir sehen uns beim Anleger des Adler-Express."

42

Der Polizeiwagen hielt mit kreischenden Reifen am Yachthafen. Weit und breit kein dunkler Kleinwagen zu sehen. Petersen sprang aus dem Auto, die P99 schussbereit in der Hand. Vielleicht hatte der Gesuchte irgendwo auf der Strecke angehalten und war zu Fuß hierher auf dem Weg. Zu sehen und zu hören war aber nichts.

„Wie sieht's bei euch aus, Hein?", fragte Tiano über Funk an.

„Wir brauchen noch drei Minuten", kam Björns Antwort, die fast im Klang der Polizeisirenen und des röhrenden Motors unterging. Tiano hörte, wie Hein mit kreischenden Reifen abbremste. Sie mussten in Süddorf sein. Erneutes Kreischen zeigte an, dass die Reifen an der Fliehkraftgrenze entlangrutschten: Hein war nach rechts in Richtung Steenodde abgebogen.

„Korrigiere auf anderthalb Minuten", keuchte Björn ins Funkgerät. „Wir melden uns!"

„Macht ruhig", gab Tiano zurück. „Wir sehen die Fahrrinne. Da ist zurzeit kein Boot unterwegs. Schaut links und rechts nach einem dunklen Kleinwagen. Vielleicht hat er ihn etwas entfernt abgestellt und ist zu Fuß weiter.

Hein meldete sich wenige Minuten später. „Kein Kleinwagen, kein Sportboot, keine Spur weit und breit", gab er an Tiano durch. Der blickte Hark fragend an.

„Wagen in Deckung bringen und erst mal abwarten", antwortete der wenig hoffnungsvoll. Irgendwie funktionierte seine Intuition gerade nicht besonders gut.

Petersens Telefon klingelte. Iris! Das war jetzt überraschend.

„Hallo Herr Kommissar", grüßte sie mit aufgeregter Stimme. „Suchen Sie immer noch ihren Mörder? Hat vielleicht nichts zu bedeuten, aber hier hat gerade ein alter dunkler Polo ganz abrupt vor dem Haus gebremst. Steht da ohne Licht. Dann hab' ich Polizeisirenen gehört. Naja, vielleicht war's auch der Rettungswagen oder die Feuerwehr. Es ist niemand ausgestiegen. Soll ich mal gucken gehen, wer drin sitzt?"

„Auf keinen Fall!", brüllte Petersen ins Telefon, während er gleichzeitig den Kollegen winkte, in den Polizeiwagen zu steigen. „Nach Wittdün! Schnell! Hein auch!", rief er ihnen zu, wobei er die Hand vor das Handy hielt. „Bleiben Sie um Gottes Willen wo Sie sind!", befahl er dann wieder an Iris gewandt.

„Zu spät", lachte sie. „Falscher Alarm! Ist gar nicht Mareike. Da sitzt nur ein junger blonder Mann drin. Ich frag' ihn mal."

Das gebrüllte „Nein! Nicht!" von Petersen hörte sie nicht mehr.

43

Was zum Teufel wollte die Frau da neben seinem Auto, was zum Teufel starrte sie ihn durchs Fenster an? Jetzt winkte sie auch noch fröhlich und machte ihm ein kurbelndes Zeichen, das Fenster zu öffnen. Kai war irritiert. Er überlegte, einfach loszufahren, beugte sich dann aber doch über den Beifahrersitz und stieß die Tür auf.

„Hallo, Entschuldigung, ich habe hier die Polizei am Handy", sagte die Blonde und beugte sich zu ihm hinein. „Die suchen nach einem dunklen Kleinwagen mit einer Frau darin, eine Bekannte von mir übrigens, und weil ich Sie hier gerade so stehen se...".

Weiter kam Iris nicht. Kai packte sie blitzartig am Kragen und zog sie mit einem einzigen, kraftvollen Ruck zu sich herüber. Iris prallte mit dem Kopf gegen die Fahrertür, röchelte kurz und sagte erst einmal gar nichts mehr.

„Ruhig bleiben, nicht bewegen, nicht reden; tu einfach, als wärest du tot", zischte Kai bedrohlich, während er ihre Beine vollends ins Auto zog und gleichzeitig das Gaspedal durchtrat. Der Polo schoss nach vorne, nur mühsam schaffte es Kai, mit der Frau zwischen Schoß und Lenkrad nach links in die Mittelstraße abzubiegen.

„Spielstraße! Na, das passt doch zu diesem verrückten Spiel", dachte Kai und grinste bitter.

Er folgte der Mittelstraße bis zum Ende. Die Achsaufhängungen ächzten gequält bei jeder der vielen Vertiefungen, die hier zur Verkehrsberuhigung ganz bewusst eingebaut worden waren. Rasant bog er in die letzte Querstraße ein. Sie war nur kurz und führte steil hinunter auf die Inselstraße. Der Wagen nahm am Gefälle noch einmal Tempo auf, Kai hatte Mühe, ihn beim rechts Abbiegen auf die Inselstraße in der Spur zu halten. Eine Bodenwelle katapultierte das Auto aus der Bahn, die rechten Reifen verloren den Kontakt zum Asphalt, für einen kurzen Moment drohte der Polo auf die Seite zu kippen. Kai lenkte mit Kraft dagegen, konnte alle vier Reifen wieder nach unten bringen. Der Polo schleuderte um die Linkskurve zum Anleger hinunter. Im Rückspiegel hatte er Blaulicht aufblitzen sehen. Die Polizei war bereits verdammt nah.

Der Polo schoss links am Verwaltungsgebäude vorbei und nach rechts über den um diese Zeit völlig leer stehenden Platz hinweg, wo tagsüber Autos in Spuren darauf warteten, auf die Fähre fahren zu können. Schleudernd kam er am anderen Ende genau dort zum Stehen, wo der Adler-Express auf seiner Route zwischen Nordstrand und Sylt zweimal am Tag Passagiere aufnahm und absetzte.

Marion war nicht da. Kai stieß die Fahrertür auf, zwängte sich unter Iris hervor, die sich dabei bereitwillig nach oben schob, so gut es ging. Dann zog er die Frau mit einem einzigen schnellen Ruck zu sich heraus. Mit lautem Sirenengeheul erreichten die beiden Polizeiautos fast gleichzeitig den Platz, kamen mit rauchenden Reifen keine zehn Meter von Kai entfernt zum Stehen. Die Polizisten sprangen heraus, ihre Waffen in der Hand, legten im Schutz der Fahrzeuge auf ihn an. Kai zog Iris schützend vor sich und legte ihr von hinten einen Fingerknöchel an den Kopf. Die Polizisten würden auf diese Entfernung und bei diesem Licht nicht sehen können, dass er keine Waffe in der Hand hatte und für Iris müsste es sich in dieser Situation ohnehin unangenehm echt anfühlen.

„Das sind Dorfpolizisten, nicht das SEK", beruhigte sich Kai. „Die werden nicht riskieren zu schießen."

„Lassen Sie die Waffe fallen! Sofort!"; brüllte einer der Polizisten.

Einen Teufel würde er tun; er hatte ja nicht einmal eine. Beim schnellen Blick nach hinten sah er das Motorboot in der Fahrrinne nahen. Marion! Sie fuhr mit Vollgas, bremste dann urplötzlich ab und schlingerte an die Hafenmauer heran.

„Entschuldige das Ganze, bitte", flüsterte Kai Iris ins Ohr, dann drehte er sich unvermittelt um und sprang. Jetzt, bei Ebbe, waren es gute drei Meter bis hinunter zum Boot. Kai blieb die Luft weg, als er direkt hinter Marion landete. Abrollen war auf diesem engen Raum unmöglich; er federte den Schwung so gut es ging ab, aber durch Beine und Rücken fuhr ein heftiger Schmerz, die Hüfte prallte gegen die Reling. Das kleine Boot geriet ins Schwanken, fing sich aber sofort wieder, als Marion den Gashebel durchdrückte und es in die Fahrrinne in Richtung Steenodde steuerte.

Kai raffte sich auf, seine Beine schmerzten fürchterlich, aber nichts war gebrochen, allenfalls ein wenig gestaucht. Er legte die Hände auf Marions Schultern, küsste ihren Hinterkopf.

„Schön dich zu sehen, Mama", sagte er.

„Schön dich zu sehen, Kai", entgegnete sie, ohne den Blick auch nur einen Moment von der sich zum Priel verengenden Fahrrinne zu nehmen.

„Jetzt und für immer", sagte Kai.

„Jetzt und für immer!", antwortete sie.

44

„Die Küstenwache hat das Boot vor zwei Tagen in der Nähe von Helgoland treibend gefunden", beendete Hark seine Erzählung. „Der Tank war leer, niemand an Bord. Die KTU wird es in ein paar Tagen an den Vermieter zurückgeben können."

Petersen hatte sich, wie üblich nach Abschluss eines Falles, mit Redlef Maier zum Essen getroffen. In einem auf Lammfleisch spezialisierten Restaurant in Husum.

„Nach den beiden wird international gefahndet. Aber ich würde keine Wette darauf abschließen, dass sie noch leben."

Morgen früh würde der Staatsanwalt sich die Akten durchlesen und sie offiziell mit Hark Petersen und Leif Hansen besprechen wollen. Auch Tiano würde mit der ersten Fähre herüber kommen, um Bericht zu erstatten. Aber heute Abend hatten sie frei und waren bereits bei der zweiten Flasche Tempranillo angekommen. Die rosa gebratenen Nüsschen vom Salzwiesenlamm mit Fenchelgemüse und Rosmarinkartoffeln hatten vorzüglich geschmeckt, jetzt genossen sie eine hausgemachte Rote Grütze mit Vanille-Crème.

Redlef hatte den ganzen Abend über fast immer nur zugehört, fasziniert von der Geschichte, die auch für den Staatsanwalt alles andere als alltäglich war. Hin und wieder fasste er nach, wenn er etwas nicht so ganz einordnen konnte; beispielsweise zur Beziehung zwischen Sven, Nicola und ihrer Tante, die bei Sven Haushälterin war.

„Nichts Krummes, jedenfalls", entgegnete Hark. „Und wenn, dann nichts für die Staatsanwaltschaft."

Beim Thema Markus Baumgarten hatte Redlef Maier dann selbst etwas zu ergänzen. Man hatte sich mit ihm geeinigt, sobald er wieder ansprechbar war. Die Sache mit dem Einbruch würde nicht weiter verfolgt werden; streng genommen war der ja Notwehr; und die Ermittlungen zum Mord in Italien würde man der italienischen Polizei überlassen; nach deutschem Recht war Baumgartens indirekte Beteiligung daran längst verjährt. Der Bank gegenüber würden Polizei und Staatsanwaltschaft überhaupt keine Auskünfte geben; Baumgarten selbst hatte sich für drei Wochen wegen eines Unfalls krank gemeldet.

Der Banker verzichtete seinerseits darauf, den Überfall in Polizeigewahrsam zur Anzeige zu bringen. Hark verzog das Gesicht. Vielleicht hätte er lieber eine Ermittlung wegen des Dienstaufsichtsvergehens in Kauf genommen, als den windigen Markus Baumgarten ungeschoren davonkommen zu lassen. Andererseits war Baumgarten, wenngleich kein Sympath, eigentlich doch in fast jeder Beziehung eher Opfer als Täter. Hark würde den Deal daher so akzeptieren können und wollen.

„Was wohl aus den beiden Tätern geworden ist?", fragte er sich. Gefunden hatten sie sie auch später nicht. Nicht lebendig und auch nicht tot.

Amrumer Familien-Erbe
Hark Petersens zweiter Fall

Der Amrumer Fahrradverleiher Peer Olufsen wird ermordet. Sein Bruder Gunnar ist unauffindbar, doch auf der Tatwaffe sind seine Fingerabdrücke. Für den Mordermittler Hark Petersen ist der einfältige, gutmütige Gunnar damit aber noch längst nicht der Täter. Zumindest nicht er allein. Da kämen schon eher Peers Schwester und die schönen Cousinen in Frage. Oder ging es um geplante Bauprojekte? Und wer, zum Teufel, tut hier so, als wäre der „Volvo-Mörder" zurück?

Amrumer Zukunfts-Welten
Tod auf dem Bahndamm
Hark Petersens dritter Fall

Wasserstoff statt Dieselantrieb, Elektro- statt Ottomotor: Der Ecofare-Konzern will den Verkehr in Deutschland und Europa revolutionieren. Amrum soll dafür sein Musterbeispiel werden. Als auf dem Hindenburgdamm ein Journalist ums Leben kommt, stellt sich für Kommissar Hark Petersen die Frage, ob der Konzern für seine Umwelt-Ziele auch über Leichen geht. Während die Freunde Hochzeit feiern und Amrum bei herrlichstem Wetter genießen, muss Petersen seinen Kurzurlaub immer wieder für Ermittlungen unterbrechen und gerät dabei mehr als einmal in Bedrängnis. Er hat gefährliche Gegenspieler, deren wahre Motive nur ganz langsam ans Licht kommen.

Amrumer Tollkirschen
Ein Strandkorb für die Leiche
Hark Petersens vierter Fall

Amrum autofrei? Immer heftiger prallen Gegner und Befürworter dieser Idee aufeinander. Rangeleien, Gemeinheiten und Vandalismus halten die Inselpolizei in Atem. Und dann spielt auch noch die Tierwelt verrückt: Möwen stürzen sich zu Tode, ein Hund dreht durch.

Auf Wochenend-Besuch bei Tante Lizzy bestaunt Kommissar Petersen die Entwicklung noch mit amüsierter Distanz. Doch dann gibt es einen Toten, und der Chef der Husumer Mordkommission muss plötzlich auch beruflich zwischen den Amrumer Fronten ermitteln.

Zeitfracht Medien GmbH
Ferdinand-Jühlke-Straße 7
99095 Erfurt, Deutschland
produktsicherheit@kolibri360.de